AUX MARCHES DU PALAIS

Rue des Écoles

Le secteur « Rue des Écoles » est dédié à l'édition de travaux personnels, venus de tous horizons : historique, philosophique, politique, etc. Il accueille également des œuvres de fiction (romans) et des textes autobiographiques.

Déjà parus

Gaffino (Anne Marie), *Alzheimer, mon nouveau colocataire*, récit, 2015.

Weck (Françoise), *Les dits de la ménagère*, chroniques, 2015.

Thibaud (Aurore), *Beau temps sur tout l'univers*, récit, 2015.

Prunet (Paul), *La vie ou les futurs du passé*, essai, 2015

Rey (Michel), *Une lumineuse affaire*, roman, 2015.

Kissel (Myriam), *Refuges lointains*, roman, 2015.

Alpace (Christian), *De briques et de broques*, mémoires, 2015

Apicella (Patricia), *Figure-toi un danseur de corde*, roman, 2015.

De Montmollin (Danièle), Mocumbi (Adelina), *Mozambique, destins croisés d'une femme et d'un pays*, récit, 2015.

Leroux (Martial), *Devant, derrière*, roman, 2015.

Pannequin (Martine), *Églantine*, roman, 2015.

Demirdjian (Véronique), *Une voix si douce*, récit, 2015.

Ces douze derniers titres de la collection sont classés par ordre chronologique en commençant par le plus récent.
La liste complète des parutions, avec une courte présentation du contenu des ouvrages, peut être consultée sur le site www.harmattan.fr

Sylvia Munoz Roux

Aux marches du palais

roman

5-7, rue de l'École-Polytechnique, 75005 Paris

www.harmattan.com
diffusion.harmattan@wanadoo.fr
harmattan1@wanadoo.fr

ISBN : 978-2-343-07982-0
EAN : 9782343079820

À toi, PAPA. À toi, MAMAN.
Pour vous Julia, Marlène, Bastien.
Pour toi Andréa.
Pour toi Paul.
Pour toi mon frère, et tes enfants.
Para mi abuelos y abuelas y familia.

Et comme tu me le disais si souvent ma petite Maman,
pour tous nos enfants de par le monde.

« CUANDO EL RIO SUENA, AGUA LLEVA »
« QUAND LA RIVIÈRE GRONDE, L'EAU, EMPORTE »

Prélude à la vie,

– Je vais répondre à ta question.
– Je n'ai aucune question.
– Pourquoi chaque fois que je suis là, tu fuis ?
– Comment ça; je fuis !
– Regarde. Observe-toi. J'arrive près de toi, et tu le sais bien que j'arrive. Tu le sais, tu le sens, mais tu n'y crois pas. À l' instant où j'effleure tous tes sens, juste à ce moment-là, tu te lèves. Tu vas te préparer un café, ou un thé. Tu bricoles. Exprès pour t'éviter.
– Non ! Pour t'éviter toi.
– Non ! C'est toi que tu fuis. Depuis toujours, tu t'en vas de toi ! Je me doutais que... non, il n'existe pas un bon instant favorable à notre conversation. Il te suffit de penser à moi et d'admettre que cela est possible. De me reconnaitre en toi, comme un souffle que tu as déjà rencontré. Ce souffle qui te capture lorsque tu es seule. Pour toi je suis disponible à tout instant, en tout lieu. La frontière t'appartient, elle est à l'image de ton rejet, de ton refus d'oser, la confiance en ce que tu ressens vraiment. Tu fuis si souvent, je voulais retenir ton attention, mais déjà tu te lèves du fauteuil, tu lâches le crayon, tu nous fais taire. Tu me laisses là comme un point suspendu oublié dans l'intervalle du rien. L'absence à toi éloigne ton désir de savoir et abroge mon existence. Une seule règle peut donner sens à ton histoire, écoute la mienne et tu trouveras la tienne. Coucou !! Sais-tu que je suis immortel ?
– Qu'est-ce qui te fait dire cela ?
– Ton crayon.

– En voilà une idée. Crois-tu que mon crayon soit magique ?

– Oui. N'as-tu rien vu, rien compris ?

– À vrai dire, notre conversation m'échappe. Je ne suis pas sure de désirer la poursuivre. Elle ne mènera nulle part.

– Les conversations ne sont pas faites pour aller ici où là ! Comme tu le dis, « quelque part ». Parler nous rend vivants. Tu prétends toujours que tu as des choses à me dire, à me réclamer aussi. Je sens que je vais t'agacer. Comment te persuader de poursuivre ce que nous pourrions partager aujourd'hui ? Ce n'est pas le courage qui te manque, c'est la détermination et la confiance en moi. Et aussi la confiance en toi. Pour cela, il te suffit de consacrer l'instant d'un souffle que cela est possible et qu'il n'y ait aucune supercherie, oublie l'idée que tu deviens folle. Rappelle-toi que je me parle et que tu m'entends.

– Qu'est-ce encore que ces sornettes ?

– Je me parle et tu m'entends.

– D'accord, OK. Traduis-moi ton charabia.

– Je n'ai pas aimé partir ainsi. Mon souffle diminué considérablement, puis, c'est allé très vite. Ma respiration jouait les funambules. Je n'avais pas de filet de sécurité pour me rattraper à la vie. Inéluctablement, ma vie prenait la fuite, c'en était fini de moi. Tu étais assise à côté de moi, tu me tenais la main. Tu étais avec moi dans cette chambre d'hôpital où l'on m'avait transporté après ma chute par la fenêtre du deuxième étage. J'avais les yeux fermés, mais je te voyais encore mieux, comme en trois dimensions. Tu étais ici, mais ailleurs ni spectatrice ni témoin. Tu étais amnésique à moi. Fatiguée par de longs mois d'errance lorsque ta mère avait fermé définitivement la porte à la vie. Ce n'est pas le temps qui passe qui t'a abimé, c'est le chagrin. Je ne l'ai pas compris ainsi à ce moment-là. Je croyais dur comme du fer que je fusse tombé en disgrâce. Que ta mère avait emporté avec elle ton cœur. Je pensais que tu avais subi une érosion radicale d'amour. Je me disais qu'il ne restait plus rien pour moi. Je me suis persuadé que j'étais un témoin muet, que tu me rangeais dans des souvenirs figés. Aujourd'hui, tu veux te débarrasser de moi.

– Papa, tu oublies que tu es mort il y a des années, le son a été coupé.

– Le crois-tu ? Écoute le souffle de mes paroles.

– Ou ça ?

– Non, pas à l'extérieur, pas sur les murs. Écoute à l'intérieur. Là, caché dans le froid de ton cœur, écoute. Écoute grand.

– Bof ! Les jours passent, s'étirent comme un élastique.

– Lâche donc ton élastique. Regarde, regarde. Où en es-tu ?

– Je me trouve au même endroit. Rien n'a bougé.

– Pourtant, tu m'entends te parler.

– Tu parles pour ne rien dire.

– C'est ce que tout le monde pense. Réaliser qu'il existe d'autres systèmes de langage, ou si tu préfères, de « communication », n'est pas facile. Abandonner le fanatisme que tout doit être concret, objectif. Ce qui dessèche les êtres c'est la certitude. Pour fleurir, il faut cesser d'être docile, désobéir aux croyances, et cheminer. Se remettre toujours en question, même si l'on est persuadé de notre légitimité. L'étroit passage de la raison, rationalise et nous limite. Je te parle au travers d'un autre système, c'est plus exactement, un processus. Plus tu abandonnes tes certitudes, plus tu entends en dehors de tes oreilles.

– Que veux-tu dire ?

– Reprends l'élastique avec lequel tu jouais tout à l'heure. On va en faire l'élastique du temps. Serre les deux extrémités entre les pouces et les index de chaque main.

– C'est fait.

– Tire à l'opposé les deux extrémités jusqu'à la tension complète de l'élastique.

– Voilà, c'est fait.

– Maintenant lâche l'élastique d'un seul côté. Alors quoi ?

– Malin ; elle me revient et m'écrabouille les doigts.

– Voilà exactement ce que tu fais avec nous, tu nous écrabouilles. Tu te refuses à toi-même chaque fois que tu me tournes le dos. En permanence, tu étires l'élastique et tu lâches la distance obsessionnelle qui abjure ta transformation, et la mienne par voie de conséquence.

– Tu me fatigues papa.

– Évidemment, regarder autrement son histoire demande un effort.

– Je sais ce que tu veux que je fasse. Je n'ai pas le courage, pas la force.

– Et si je t'aide ?

– Toi ?

– Non le pape !

– Ce serait vraiment la première fois que tu m'encourages ! Que tu m'aides, que tu endosses le rôle d'un père adulte.

– J'ai l'impression de prendre toute la place dans ta tête.

– Tu te trompes, je pense à toi sans plus.

– Mon œil !

– Merde !

– C'est ça ! Vas-y ! Crie ! Pleure ! Hurle ! Mais je t'en prie, mettons-nous au travail. « *Un long silence...* »

– Parle-moi papa.

– J'ai envie de te raconter, mais pour cela il te faut prendre ton élastique. Nous allons nous amuser à remonter dans le temps. Sillonner à rebrousse temps. Le compte à rebours peut commencer.

– De quelle façon ?

– Reprends ton élastique.

– Laquelle ?

– Celle dont on parle.

– De quelle couleur ? De quelle épaisseur ? De quelle forme ?

– Pour t'esquiver tu es la meilleure, deux ronds de jambe et, hop ! on oublie tout.

– OK ! Voilà, je prends l'élastique.

– Bien, merci, tu l’as...

– J'ai compris ! Je la tiens entre le pouce et les index de chaque main. Pouces l'un contre l'autre...

– Oui, mais plutôt que de tirer vers la droite qui symbolise l'avenir ou de rester fixé sur le présent, écarte ta main gauche. Regarde ce qui se passe.

– C'est éprouvant.

– Mais nécessaire. S'il te plait, continue.

– L'élastique va céder.

– Reviens un peu. Voilà, c'est bien. Merci, que vois-tu ?

– Un livre dont les pages ne cesseraient de tourner les unes après les autres.

– Arrête-toi sur une page, nous verrons bien ce qu'on y trouve.

– Je ne sais pas si j'ai envie de fouiller dans nos placards.

– Honnêtement, je te comprends. Remettre en question les autres et ses propres parents nous oblige à nous regarder aussi nous-mêmes. C'est un risque.

– Révoquer en doute nos croyances n'est pas un idéal en soi.

– Il ne s'agit pas d'idéal, mais de disponibilité. Prendre la responsabilité d'agir pour sa liberté. Cesser d'appliquer les autres sur un échafaud, ou de se passer la corde au cou à tout propos.

– Que veux-tu dire par là.

– Je veux dire que certaines croyances nous enferment. Nos pensées deviennent pour nous un centre pénitentiaire.

– Tu veux me dire que mes croyances et mes pensées me rendent imperméable à tout changement ?

– Exact. Les pensées élaborent à l'intérieur de nous une colonisation qui se propage tout au long de notre vie, au fur et à mesure elles se renforcent. Elles nous rendent butés, obstinés, concrètement on devient têtu comme une mule.

– Si bien que chacun de nous dans l'enfance élaborons un ou plusieurs concepts. Des tatouages comportementaux qui deviennent nos bases fondamentales.

– Voilà, c'est ça, une diffusion de données environnementales.

– Pour en sortir, c'est comme si tu te trouvais dans un véritable labyrinthe ?

– C'est un peu comme... je crois.

– Le fil d'Ariane, le Minotaure ?

– Tu comprends mieux n'est-ce pas ?

– Laisse-moi un peu de temps. J'ai besoin de silence...

– Continuons, veux-tu ?

– Le labyrinthe, le labyrinthe... Le labyrinthe exerce une occupation des sols jusqu'à ravir l'être profond que tu es dans la réalité, il déglutit ton authenticité. Il te dégomme en un tour de vagues à l'âme... C'est de cela qu'il s'agit, n'est-ce pas ?

– Je vois que tu saisis de mieux en mieux. Tout l'être est secoué. La déferlante agit au travers de la personne et va trouver une correspondance à l'extérieur, dans le programme émotionnel d'un autre.

– Un miroir sans tain, invisible, qui se jette dans le reflet d'un autre, oui ! Bien sûr, c'est ce que l'on appelle l'effet miroir.

– C'est ainsi que la liberté de penser s'émiette...

– Cette liberté se trouve sous le sceau de notre histoire, de nos peurs, de nos croyances n'est-ce pas ? Pour moi la plus catégorique des soumissions c'est la peur de Dieu, celle qui fait de toi un adepte obéissant inconditionnel. Y a-t-il une quelconque issue de secours ?

– Rassure-toi, il en existe une multitude. La procession du changement intérieur passe par des rencontres, des lectures, des voyages, dans le support d'un film... Tout indice peut se transformer en élixir.

– Si on le veut bien...

– Mais on le vaut bien !

– J'ai la sensation de plonger dans une eau profonde sans bouée.

– Il existe une bouée à la portée de tous.

– Laquelle ?

– La région du cœur.

– Je me suis arrangé une vie. Laisse-moi. Je suis fatiguée.

– « No hay mal que cien años dure ». Aucune douleur ni souffrance ne dure cent ans, tout s'atténue, s'allège. Hier, tu me parlais d'arranger ta vie ou je ne sais quoi...

– Non, je t'expliquais que je me suis arrangé une vie. La région du cœur a pris de la place, là ou d'autres attributs régnaient en maitres comme l'orgueil, la jalousie, la colère, peut être pire encore. Dissout dans la région du cœur.

– Oui, je sais, tu as transformé tout ce qui t'empêchait d'aimer les autres, mais pas de t'aimer toi.

– …...........J'étire l'élastique.

« ENERO, HACE FRIO QUE SE HIELA HASTA EL PUCHERO »
« EN JANVIER, IL FAIT SI FROID QUE MÊME LA SOUPE GÈLE »

– Que vois-tu ?

– Grenade, « *GRANADA* ». Espagne, 1933, tu as sept ans.

– Écoute ; longtemps, j'ai refusé de penser à mon village.

« MON VILLAGE ». De prononcer son nom était une souffrance et mes lèvres en tremblaient. J'avais inscrit l'interdiction dans mes rêves les plus profonds.

Et pourtant, CACIN, ma vie ! *CACIN*, ma famille ! *CACIN*, mes amis !

L'espérance d'un retour avait déserté toutes mes folies. Pour toi aujourd'hui je vais dire... Écoute. Écoute ma fille, écoute avec ton cœur. À quelques kilomètres de Grenade se trouve mon village, *CACIN.*

Enclavée dans la vallée, une rivière coule à ses pieds. L'été avec mes amis quand cela était possible nous jouions dans l'eau. Asperger les filles, sauter, crier, chanter. Plonger et faire les beaux, les garçons. Nous nous installions juste après le pont, ici l'eau n'était pas profonde, mais elle coulait vive comme une vagabonde. On s'enfonçait dans l'eau, elle se collait à nous et tendrement, nous rafraichissait.

Plus loin, elle nous semblait imprévisible, elle fouettait les racines et les pierres. Quand je pense que j'ai bu de cette eau, par amour, l'avaler, croyant la garder en moi pour toujours. Aujourd'hui, j'en ris, car nous pissions dedans, surpris par sa fraicheur.

– J'ai du mal à t'imaginer petit garçon.

– Laisse-toi simplement imprégner par cette mémoire. Comme une incursion à l'intérieur de toi. Moi, je ferme les yeux. Étendu sur le sol, le soleil me sèche. Je ressens toujours comme une empreinte les herbes collées sous mon dos, et ça me pique. Ma peau mate ne rougit pas, je fonce un peu plus c'est tout. Certains de mes camarades brulent, le soleil devient un fer rouge sans pitié, un chalumeau qui les écailles sur place. Pour ne pas se faire gronder, ils rentraient à la nuit. Écarlates, épluchés jusqu'au sang. Nous n'avions aucune conscience des dangers du soleil sur la peau. Nos parents nous enguirlandaient en nous traitant de fadas. Les villages ressemblent à leurs habitants, ils en sont l'expérience, ils en sont leurs préoccupations, on en connait leurs tourments jusqu'à se ronger les sangs. Mais la brutalité de la vie et les misères ne venaient pas à bout de ces hommes et de ces femmes déterminés à vivre ici, chez eux. C'étaient des courageux, pour les soumettre il fallait les lyncher. Les sols reconnaissants pour les efforts accomplis fructifient. Fiers de ses terres abondantes et charnues où les arbres poussent, montent et grattent le ciel. Dans un dédale de rues larges, aux heures les plus chaudes les maisons blanches disparaissent happées par le soleil. Debout, *CACIN* atteint des sommets astronomiques de 663m, un Himalaya pour nos chevauchées.

– Je ne me suis jamais vraiment intéressée à l'histoire de l'Espagne. J'en retiens que les Arabes y étaient installés longtemps, mais bon...

– Installés longtemps ??!! L'Espagne s'est nourrie de sept-cents ans de culture mauresque. Les musulmans, les juifs, les catholiques vivaient en paix tout en restant fidèles à leurs traditions. Ils surent installer un modèle de tolérance et d'harmonie.

– Très pittoresque.

– Mais, après sept siècles de luttes, la « Reconquista » des Rois Catholiques est en passe d'aboutir. Seule Granada

« la sublime », résiste encore à Isabelle de Castille et Ferdinand d'Aragon. Le 26 avril 1492 commence le siège final. Le Sultan Boabdil rend les clés de Granada la Sublime.

« *Pleure comme une femme ce que tu n'as pas su défendre comme un homme* », lui dira sa mère.

– Belle leçon d'intelligence. Aujourd'hui encore, après les philosophes des lumières et les grands penseurs, les différences font peur. Elles s'obstinent à nous endommager. Le contraste doit demeurer discret, jusqu'à s'effacer dans certaines circonstances.

– Seul un Monarque inspiré par l'esprit pouvait parler avec vérité et accomplir des actes justes. Pour le bienfait de tous, le point de rencontre des êtres n'était pas dans le ciel, mais ici dans le cœur de chacun.

– J'ai entendu dire que l'inspiration du Sultan lui venait de l'amour pour une belle d'Espagne dont le souffle exalté tout son être.

– Oui, l'amour peut tout. T'ai-je parlé des oliviers ?

– Des oliviers ?

– Autour de *CACIN*, oui, des oliviers, des amandiers, des arbres fruitiers, quelques eucalyptus, du thym, du romarin qui forment un écrin tout autour. Tous ces parfums dansent ensemble et chatouillent les narines.

– J'imagine que c'est aussi le paradis des chasseurs ?

– Mais tu devines tout, évidemment des lapins, des lièvres, des oiseaux !

– Et des pécheurs ?

– Il y a des poissons, des truites grosses comme la sardine qui a bouché le port de Marseille.

– Bien sûr ! Les gens du Sud nous partageons l'exagération. On aime bien se monter des bateaux.

– Non ! Nous avons simplement des couleurs plus vives pour raconter. Nous sommes ardents.

Sais-tu que dans les grottes cachées au fond de la colline, ils ont trouvé des traces du néolithique ? Notamment un vase en céramique, exposé à l'heure actuelle à *CACIN* ou peut-être en *ALHAMA de GRANADA*, petite ville à côté, je ne sais plus exactement.

– Papa, je voudrais revenir à l'élastique. Tu as sept ans. Ton père est boulanger, ta mère vend les petits pains sur les marchés alentour. Les pains chauds, les pains ronds aplatis, salés ou sucrés. Ce sont de grosses galettes appelées « *tortas* », n'est-ce pas ?

– C'est ça. Je me souviens du gout sur ma langue. D'en parler, mes papilles en cherchent la substance et ma bouche se rappelle du craquant sous les dents.

Quelques fois, un pain plus cuit légèrement cramé sur le dessus faisait caraméliser le sucre. J'imaginais que c'était une énorme hostie.

– Je vois ça...

– Tu sais, je n'avais que sept ans, mais je savais que pour mes parents la vie était rude.

La vente des pains assurait à peine le quotidien. Je ne sais pas pourquoi, un jour j'ai pris un pain bien cuit, cramé, caramélisé. Je l'ai pris à l'abri des regards.

– Tu craignais ton père ?

– Non, c'était un bon père, travailleur, doux, gentil, enfin du peu dont je me souviens.

Non, c'est plutôt que je n'aurai pas supporté qu'il me prenne pour un voleur.

Et puis j'enlevais la vente de ce pain à la famille. Pour moi, c'était comme un défi.

– Explique-moi Papa, je ne saisis pas tout à fait.

– J'avais bien compris que manger ce n'était pas tout. Il était impossible à mes parents de nous scolariser. Nous étions pauvres, voilà l'évidence. Dans le village, personne ne mourrait de faim. Enfin, je l'espère, je n'en suis pas sûr.

Les enfants de riches fermiers, d'hommes politiques et de notables, recevaient toutes les attentions. Ils bénéficiaient de conditions de vie douillette, calme et confortable. Ce qui nous différenciait était le monopole financier dont ils jouissaient. Ils s'en délectaient sans renoncement aucun. C'était là, leur seule audace. Je ne ressentais pas de jalousie. De l'injustice oui.

Un début d'injustice qui réveilla ma révolte. Ma résistance se mettait peu à peu en route. La révolte est un feu qui brule à l'intérieur de nous. Un feu du refus de capituler devant l'agresseur. Le feu devient une arme qui peut agir sur l'homme jusqu'à tuer. La longue vue de la vie a transformé ma révolte en indignation, bien plus tard, bien plus tard...

Avec plus de clartés, elle toucha la région de mon cœur et m'évita de commettre l'irréparable. Je n'allais pas tuer, mais éviter que l'on me tue. Je ne deviendrai pas un meurtrier dans les mains de mon histoire et dans la furie des hommes de pouvoir. Je ne serai pas le fou des rois de ce monde. Même pour obtenir la nationalité de la terre des lumières, de la liberté et des droits de l'homme. Je ne voulais pas être libre dans le sang d'un autre.

– Papa ...

– Petit à petit, j'élaborais un rituel. Un rituel sacrificiel. Je ne manquais pas de courage. Égorger une souris, un chat, une poule ne m'effrayait pas. La vue du sang non plus. Surtout pour la vue du sang, j'allais être servi quelques années plus tard.

Ce qui m’était intolérable, c'était de tuer. Pire, d'enlever la vie.

La galette caramélisée que j'avais affranchie de la corbeille à pain devenait une hostie géante et servait d’oblation. Le sacrifié, c'était moi. Je découpais lentement l'hostie en cinq parts égales. Je m'appliquais, je regroupais toute mon attention dans ce geste symbolique qui avait pour seul but de frôler la perfection de l'égalité.

– Cinq parts ? Pourquoi cinq ?

– Parce que, cinq, c'est le nombre de ma fratrie. Cinq frères et sœurs. Chaque part représentait l'un de nous. De l'ainée au plus petit.

Ainsi, le lundi, je dégustais l'espoir d'un avenir meilleur pour Marie, ma sœur ainée, née en 1924. Le mardi, je me dégustais, 1926. Le mercredi, je dégustais pour mon frère Frank, 1928.

Le jeudi, je dégustais pour ma sœur Henriette, 1930. Le vendredi, je dégustais pour ma petite sœur Gracieuse, 1933. Protéger mes frères était une obsession. Améliorer leur vie un projet d'envergure. La consécration de mes desseins d'avenir passait par une démarche bien précise.

– Je t'écoute papa.

– Chaque matin, j'affrontais l'oracle. Je regardais droit dans les yeux l'astre qui naissait à l'horizon. Quoiqu'il advienne, je confirmais contre toute attente mon allégeance à la liberté... « Ma vérité ». Aucune option ne détourna mon objectif. Ma vérité, un monde meilleur pour ma famille. Je n'admettais aucune omission. Têtu comme une mule, chaque matin entre l'astre et moi, je croyais mordicus que je changeais la face du monde dans lequel nous vivions.

Ce n'était qu'une question de temps. J'avais sept ans, nous étions en 1933. J'étais le chevalier, le protecteur. Je m'alignais dans la trajectoire de Zorro, je devenais le Che Guevara de ma famille.

– Dévorer les tortas sucrés et caramélisés, tu parles d'un sacrifice...

– Dévorer ?... Non, tu n'y es pas, dévorer c'est consumer, avaler, sans que rien se passe. C'est une descente sans étape de la bouche à l'estomac. Alors que, si tu prends ton temps, des évènements imprévus se faufilent entre toi et ce que tu vis à l' instant où tu le vis. C'est comme si tu faisais une pirouette au mauvais sort. Attends, écoute-moi, laisse-moi répandre en toi le doute, puis abandonne tout, absolument tout... Voilà, c'est ça, abandonne, désemplis-toi de tes certitudes, de tes convictions. L'évènement que tu t'apprêtes à vivre n'est plus un évènement ordinaire, il a subi une transformation. Ton esprit a élaboré autour d'une vieille pièce, d'un débris, l'éclosion en est une douceur intérieure, qui vibre longtemps …

– Je me sens béni par ton enthousiasme. Finalement, tu n'es pas accommodent, non plus belliqueux. Tu déconditionnes avec majesté.

– Veux-tu poursuivre, ou as-tu décidé d'y couper court ?

– Pardon, je t'en prie, poursuis.

– Je disais donc que pendant la dégustation, je suis porté par la magie de l'instant qui me confirme que j'ai raison. Nul besoin de souffrances sacrificielles, mais plutôt un bain d'extase qui fait de moi un sacristain. Ma cachette est une cathédrale d'olivier et je suis la grenouille de bénitier jusqu'à la fin de ma messe.

– Cela te donnait un pouvoir ?

– En quelque sorte oui. Momentanément, je descendais de cette locomotive de l'irrévocable, dans laquelle nous étions montés en famille.

L'argent crée un pouvoir capable de plier les plus insoumis. À l'âge de sept ans, moi, ma parade contre le laid, fut de ne pas rajouter de la souffrance à ma souffrance. D'où la mise en scène dégustatrice.

– Je crois comprendre.

– Non, tu ne comprends pas encore. Attends un peu, marche encore à l'intérieur de moi. Tu n'as pas encore chaussé tes pieds, attends de voir plus loin, il te faudra de bonnes chaussures de marche si tu veux rester à lire à l'intérieur de moi. La route est périlleuse.

– Continue, parle, parle-moi encore papa.

« DAME DINEROS Y NO CONSEJOS »
« DONNE-MOI DE L'ARGENT ET PAS DE CONSEIL »

– Mon sort était accroché aux ambitions d'un régime autoritaire dont je ne pouvais contrôler la machine de destruction. Alors, cachée au fond de moi, ma résolution s'élaborait dans le grand secret de mes sept ans. J'étais devenu le gardien du Graal. Un sacerdoce pour lequel ma fortune fut mon engagement corps et âme. Les matins où je me réveillais chez moi, avaient le gout de la victoire et, je...

– Attends, attends un peu, quelque chose m'échappe.

– Quoi donc ?

– Tu viens de me dire, « les matins où je me réveillais chez moi ».

– Oui, et alors ?

– Alors ? Où étais-tu les autres matins ?

– Je me réveillais dans une étable, couché dans la paille.

– Que faisais-tu là ?

– Je travaillais pour quelques sous et une poignée de figues. Je veillais sur un troupeau de chèvres. Je m'occupais d'engraisser un énorme cochon, et surtout, je m'appliquais à ne pas finir en boudin pour le groin. L'idée de m'étaler en cochonnaille dans un plat destiné à tout le gotha me faisait froid dans le dos. Franchement, lorsque je remplissais les bacs en fer de nourriture, ma fragilité me sautait à la gorge. Pendant que le goinfre animal faisait redondance, mon courage faisait une chute libre. C'était la débâcle, Austerlitz !!

– À sept ans ?

– Tu sais, dans les premiers temps de ma vie, j'ai joué dans l'insouciance et l'innocence de l'enfance sans évaluer les difficultés familiales. Je savais que quelque chose ne tournait pas rond. Mais la pauvreté, ce n'est pas le pire. Le pire c'est quand elle se transforme en misère. La misère c'est la conséquence du terrorisme du pouvoir carnassier des spéculateurs de ce monde. As-tu remarqué quelque chose à ce propos ?

– Dis-moi... Que dois-je observer ?

– L'écart entre un puissant et un pauvre ?

– Pas forcément un pauvre, ne crois-tu pas ?

– Oui, tu as raison, surtout à l'heure actuelle dans cette société à plusieurs vitesses.

La pauvreté et la misère peuvent vampiriser des ouvriers, des employés, des travailleurs qui ont des salaires. On les voit dormir bien malgré eux à l'hôtel du ciel ouvert. Les tentacules de la pauvreté scotchent sur son passage, des hommes, des femmes, des enfants, disqualifiés par avance, sans distinction de religion ou de la couleur de la peau. Peu importe, leur point commun, leur grand partage s'appellent la pauvreté. Leur préoccupation intime, c'est d'échapper à la misère. Leur confident le plus irréductible se nomme la peur.

– Cette injustice les frappe très profondément, jusqu'à trahir les rêves des enfants. Elle leur supprime les ailes pour construire leur avenir. Elle est morbide.

– Oui, je sais ma chérie.

J'en sais beaucoup sur elle, nous avons été très longtemps intimes. Elle voulait devenir ma confidente, elle passait volontiers par des stratégies moralisatrices. Pour la satisfaire, je devais renoncer à construire mes lendemains. Je devais obéir telle une baudroie prise dans les filets du pécheur. J'étais sous le joug du culte religieux. L'église élaguait toute forme d'émancipation, elle était le bras droit du pouvoir.

En l'occurrence, en Espagne, le fascisme franquiste. Cette complicité les rendait inattaquables de front. Leurs ambitions dessinaient des stratégies sanglantes qui décimaient les familles.

Les hommes de foi du Dieu catholique faisaient preuve d'un très grand contrôle émotionnel. Leurs prières ne nous étaient pas destinées, sauf pour nous persuader que leurs convictions étaient justes et divines. Leur Dieu était sourd à toutes nos prières de liberté, jamais je n'ai entendu sa voix pour nous défendre. Ils étaient les chefs d'orchestre, nous étions les moutons. Ils étaient habiles pour contrôler nos échappées belles.

– Obstinément sous le prisme latin vous ne partagiez pas la même occurrence.

– Mon instinct, ou quelque chose de semblable m'orientait pour repérer l'oculus salvateur et descendre de l'échafaud. Je résistais comme je le pouvais pour contrattaquer l'odieuse sentence.

– Alléluia !

« COLGADO DE UN CLAVO, PERSONNA, POCA COSA »
« UNE PERSONNE QUI TIENT ACCROCHÉ À UN SEUL CLOU, PETITE PERSONNE DE RIEN »

– Pour les enfants que nous étions, jouer avait le gout de la liberté. Nous jouions à exprimer ce que nous ne pouvions dire. Nous jouions à être quelqu'un d'autre. Nous jouions à faire vivre nos rêves.

Et là, la misère recule, recule au rythme de notre imagination. J'ai grandi avec le tempo des naissances de mes frères et sœurs. Lorsque ma petite sœur Gracieuse vit le jour, je fus propulsé au rang d'adulte. Gracieuse, délicate et gracile, écrivit rapidement mon nouveau scénario. Ma promotion me fit gravir les échelons à la vitesse, grand V.

L'année de mes sept ans, je suis parti pour trois mois. Mai, juin, juillet ; mon avenir se dessinait, mais je n'avais pas le choix des couleurs. Dorénavant, je jouerai à la vraie vie.

– Où es-tu parti exactement ?

– C'est un peu flou dans ma mémoire.

– Fouille un peu papa.

– C'est drôle de parler avec toi, il me semble que les évènements me reviennent. Évoquer mon histoire me la restitue. Je me sens moins seul. Revivre à distance les circonstances de mes vies.

– Mes vies ?

– Oui, un fouillis de vies qui s'entremêle.

Je te disais donc que ma première activité professionnelle se déroula en mai, juin et juillet 1934. Mon bizness démarré le matin au chant du coq, jusqu'à la tombée de la nuit. Le coq imperturbable avait une horloge dans sa carafe. Je l'aurai volontiers zigouillé ce bulbe de casse bonbon. Mon enfance fut démantelée dès la première journée. En attente de sa fête commémorative, le vieux souvenir de mon enfance fut écrit au panthéon.

– Qu'elle était ta fonction, ta mission, ton rôle, ton assignation ?

– Je nettoyais le poulailler, je ramassais les œufs et j'en gobais un au passage. Berk ! Berk ! Berk ! La descente rapide et gluante dans mon gosier me donnait un haut-le-cœur, mais la faim est plus persuasive que tous les dégouts.

– Que faisais-tu d'autre ?

– Pour ravitailler les bêtes de la ferme, une cruche accrochée à chaque main, j'allais prendre l'eau à la fontaine. Je n'étais pas seul, d'autres personnes travaillaient dans cette ferme. Vers dix heures, le matin, nous nous réunissions autour de la table, un repas nous était donné.

Dehors sous un grand arbre dont je ne connaissais pas le nom. Peut-être un micocoulier très haut, le tronc rond comme le maitre de la ferme. On aurait dit une tirelire...

– Quoi donc ? Le tronc ?

– Non, la panse du maitre. Celle-ci, était dilatée, elle avait pris ses distances, et se trouvait bien loin de ses côtes. L'arbre était feuillu, des petites billes noires décoraient ses branches. Elles étaient comestibles, mais le noyau s'imposait. Chacun à notre tour, nous remplissions nos assiettes en fer, de potée de pois chiches au lard. Le chorizo et les ognons lançaient la fumée vers le haut de l'assiette. Le moment du repas signait la trêve. À ce petit jeu-là, les maitres gagnaient toujours, on avait l'estomac en tirebouchon, le repas nous calmait, c'était comme leur calumet de la paix. Il y avait aussi du riz et du pain. Outre le fait d'amadouer notre faim, ce repas, le plus important de la journée avait une autre fonction.

– Laquelle ?

– L'extinction de la rage.

– Je vois ça.

– Nous avions tout intérêt à nous servir copieusement, car le maitre n'avait prévu qu'un aller simple. Pas question de ripaille.

– Pourquoi dis-tu le maitre, plutôt que l'employeur ou le propriétaire ?

– Parce qu'entre un propriétaire-employeur et un employé il y a un trait d'union mis en place par des lois. Ces lois sont censées protéger l'employé, et lui donner la possibilité d'engager une démarche pour protéger ses droits. Le respect est mutuel et chacun engage sa responsabilité dans sa fonction. Votre code du travail actuel est à préserver, à améliorer. Pour cela, il est primordial de s'appuyer sur l'expérience des hommes qui luttent contre les injustices. L'arbitraire touche toujours les plus faibles. Bref ! L'idéal serait le modèle d'une alliance qui installe un équilibre, chacun rendant service à l'autre.

– Au travail confié, on donne les bras de l'œuvre...

– Exactement, ma fille, exactement, sans déploiement de tyrannie.

– Et toi alors dans tout ça ?

– Pour moi, il n'était pas directement méchant. Mais attention de ne pas lui déplaire. Exemple, lorsque nous déjeunions, chacun arrivait avec son assiette, la remplissait à ras bord puis repartait manger seul dans son coin. Il était interdit de trop se parler. La parole était utilisée comme un outil d'échange pour continuer le labeur et le mener à son terme. Aucune conversation ne pouvait s'amorcer, car échanger entre nous était traduit comme « réfléchir ensemble ». Le maitre ou un de ses valets moins récalcitrants faisait le planton, généralement appuyé contre un arbre, le regard servant de baïonnette. Prolonger notre proximité par des conversations aurait sans doute lancé un coup d'État d'esprit et nourri la solidarité entre nous.

– Quelle perspective admirable !

– Oui, mais immature dans l'instant. Il fallait obéir un point c'est tout.

Moi j'avais toujours l'estomac en tirebouchon. J'avais beau manger, j'avais faim. J'étais affamé, toujours affamé.

– Tu parles ! Comment te remplir le ventre en travaillant toute la journée ? Les calories étaient utilisées instantanément, tu étais sans aucune réserve dans ton corps.

– Tu sais, j'avais faim, mais pas question de dépenser un seul sou de mon maigre salaire. Bien entendu ? J'étais moins payé qu'un adulte ou un grand adolescent. Je me levais l'âme au travail, mais l'âme d'un enfant pauvre ne pèse pas lourd dans la balance de la justice des hommes de pouvoir. Fin juillet, on me donna la totalité de mon salaire, j'étais riche. Maigre, mais riche. J'avais été irréprochable durant ces trois mois. Courbant l'échine de mon jeune âge. En plus de mon salaire, la patronne me donna une paire de sandales de toile blanche.

– Peut-être avait-elle rencontré dans tes yeux le regard de ses enfants.

– J'ai des doutes à ce propos.

– Peut-être une technique pour alléger sa conscience qui ne pesait déjà pas lourd.

– C'est plus juste, car elle me recommanda de ne pas mettre mes sandales neuves avant d'arriver chez mes parents. Je devais leur apparaitre en bon état. Qu'ils constatent que je n'avais subi aucun mauvais traitement. Comme si de travailler trois mois durant à l'âge de sept ans, sans voir sa famille, était en soi un bon traitement.

– Un don « généreux », des sandales neuves et non usagées... Maligne, elle signait là ton retour à la ferme.

– Comme quoi gentil, n'a qu'un œil.

– Comment vivais-tu ça ?

– À vrai dire, je ne sais pas. Je n'étais pas dans la conscience d'un savoir d'injustice. J'étais dans un besoin immédiat de survie qui m'apparaissait banal. J'étais de par mon ascendance inscrit d'office dans ce registre-là. Et puis les institutions te garantissent la véracité des faits jusqu'aux vœux pieux de la volonté de Dieu. Dans sa maison sous son regard bienveillant, j'ai reçu le baptême qui scella la confirmation que mon existence ne serait que douleur, ainsi soit-il. Pour moi, l'avenir n'existe pas, demain m'a déjà rattrapé. Je me force à revisiter hier pour vivre mon présent un peu comme je le voudrais. Je fais une relecture pour mon présent de demain. Mais j'étais à mille lieues d'envisager cette conscience, je la tenais en moi, c'est tout. Je me rendis vite à l'évidence que la prophétie est intarissable et que l'inédit est l'obstacle du parasite intime de la pensée. Mais, je veux croire en moi. Ma fausse sœur intérieure, celle qui se dit mon amie, me tend des pièges. Elle chemine avec moi depuis mon premier cri. Elle m'attache à sa démence et me jure qu'elle a raison, qu'il ne faut rien changer.

– Ne rien changer aux choses de la vie ?

– Oui, ne pas aller contre les lois établies, que je n'ai rien à y gagner. Tout à perdre, même la vie.

– Que c'est perdu d'avance ?

– Oui, elle s'en rage et m'aliène, me tient en laisse.

– Ça te fait quoi à toi, au-dedans ?

– Je veux faire taire cette voix. L'anéantir.

– Anéantir les versets « sataniques » des étiquettes qui sont accrochées à toi ?

– Oui, l'anéantir pour écrire un autre verset de mon histoire et ainsi laisser libre cours à ma vitalité. Je refuse de me soumettre, je ne suis pas elle et elle n'est pas moi. C'est une puce qui me vampirise, c'est tout. Ce que je vis n'est pas ma vie, c'est une réalité, mais moi je suis tout autre, je le sais.

– Comment vas-tu faire ?

– Un jour, je grimperai dans ma barque, même seul, tant pis. Un jour, je regarderais l'horizon, et j'y verrai le mien. Un bel horizon, bien clair. Clair et juste. Clair, juste et beau, voilà !

– Tu me fais penser à un illusionniste qui attend son miracle...

– Je suis un prestidigitateur, je manie toutes les surprises de ma vie, des plus inespérés aux plus dramatiques. Je métamorphose à mon grès le puzzle de ma vie, sans m'attacher à la couleur verte du ciel.

– Comment es-tu arrivé chez tes parents ?

– Le chemin me consume tout entier. J'arrive courbé comme un vieillard. La fatigue rend muette ma voix, mes oreilles ne chantent pas et je suis abandonné aux ordres de mon retour.

– Que voudrais-tu à ce moment-là ?

– Juste sentir le parfum des bouquets de pailles sur lesquels je m'endors et je rêve. Mes mains caressent un destin encore trop loin, mes yeux se remplissent de larmes et se noient.

– À quoi penses-tu ? À qui ?

– Je pense, « si je mourais, là, vite fait, tout de suite ».

Ma souffrance ne peut exister si je suis mort. Le poète ne peut exister si sa poésie disparait. J'ai décidé de baisser le ton de ma rage intérieure. De sous-alimenter le son de la bête qui rugit dans ma tête et que dans son soupir elle s'étale par terre.

– Qu'as-tu fait de tes sandales ?

– Sur le chemin de retour, j'ai serré les sandales dans mes mains comme un trésor. Je me répétais dans ma tête que, « ce soir je dormirai les sandales à mes pieds ». Pour rentrer chez moi, j'ai marché presque pieds nus durant douze kilomètres.

– Pourquoi pieds nus ?

– Mes orteils broutaient l'herbe à travers la semelle de mes vieux godillots.

– Mais, enfin, PAPA, tes sandales à la main, les avais-tu oubliées ?

– Tu plaisantes ! Je n'étais pas encore un insurgé. J'obéissais. Les sandales seront remises à ma mère dans leur blancheur immaculée. Le temps passe, mes jambes me portent, je suis fier. Le temps passe encore, mes jambes tricotent.

J'arrive chez moi, les pieds en papier mâché. J'en oublie de me pavaner avec mes sandales neuves d'une blancheur immaculée. Ma mère s'agenouille et me serre contre elle fort, très fort. J'étouffe, mais je laisse l'étreinte maternelle m'appuyer contre son cœur. Je l'encourage en agrippant mes bras autour de son coup. Des larmes glissent et viennent s'allonger sur ses joues. Toutes ses peurs, ses craintes, ses remords jaillissent en même temps dans un chant répété de sanglots.

Les jours qui suivirent mon retour s'immobilisèrent. Je repris mon sacerdoce bénédictin. Mon répit fut de courtes durées. Le travail ne courait pas les rues, moi, il me trouva. Une importante consommation de fumier était utilisée pour les cultures. Je devais ramasser toutes les déjections que je trouvais, et distribuer cette purée aux jardiniers et cultivateurs. Je poussais avec un morceau de bois les trésors dans ma pelle en fer. Puis je les versais dans une besace en paille tressée. Je distribuais ensuite ma cueillette nauséabonde en serrant mes narines pour en diminuer l'orifice.

« LA CARTERA DEL MISERABLE, LLEGA EL DIABLO Y LA ABRE »
« LE SAC DU MISÉRABLE, LE DIABLE ARRIVE ET L'OUVRE »

– Papa, aviez-vous des espaces de loisirs, de tranquillité, de détente, de joie ?

– Je me souviens que quelquefois les dimanches après-midi les familles se réunissaient.

Ainsi, les cuisines se transforment en salle de bal. Les tables disparaissent. Les chaises s'écartent contre les murs. Assises, les grands-mères forment un rempart, affichant leur jeunesse découragée. L'accordéon et les guitares attrapent les musiciens. Les couples s'enlacent et dansent prés serrés, leur regard ne ment pas, ils ne s'abandonnent pas, ils jouent à danser. Solennellement, la garde souveraine veille. Un temps, les marmots et les soucis sont captifs.

– C'est une délicieuse récréation ?

– Une délicatesse. Un interlude musical ou les cuisines virevoltent. Les peurs, les préoccupations sont poussées dehors, dehors de nous aussi. On se sent léger, mais pas trop tout de même. Emporté tous ensemble dans une même farandole. Des fois, on est encore plus léger, comme si notre peur était inoccupée.

C'était l'époque de la dictature qui ajuste nos pas à ses besoins. Le peuple est assiégé. Plus tard, on me raconta que les élections de 1933 mirent en place les partis de droite cléricaux et conservateurs. Puis, le C.E.D.A qui regroupe les partis de droite et les monarchistes se rassemblèrent. Ces groupes politiques enflèrent le Front national sous le slogan

« todo el poder para el jefe » (tout le pouvoir au chef)

– Pardon ?

– Oui, tu as bien entendu ! C'est dingue, non ? *TOUT LE POUVOIR AU CHEF !!!*

– Plutôt, oui. J'en ai froid dans le dos.

– La phalange espagnole d'obédience fascisante se ralliera à leur mouvement. Le temps à Francisco Franco d'accroitre son pouvoir et de s'assoir sur le trône absolu.

Puis en 1936, le Front populaire devance la bête. Un vent de liberté, de laïcité, de justice et d'humanité se porte en bandoulière. La « frenté popular » (front populaire) rassemble les gauches socialistes et communistes. Leur idéal républicain visait aussi une armée épurée de son pouvoir et une puissance limitée de l'église.

Son programme contre les dictatures fut démoli dans le chaos de la guerre civile qui s'annonçait irrémédiable.

Tout à coup dans la braise du bal la farandole accélère les battements des cœurs. BOUM ! BOUM ! Dans les poitrines qui chantent. Le feu claque les buches jetées dans la gueule du poêle et sans pitié les consume. Tout s'arrête brusquement. La musique cesse. Un long mur de silence tombe jusqu'à nos pieds. La tempête soulève les tapis, et petit à petit les poussières aveuglent la raison, les cœurs sont en détention. Ensuite, les murmures de la trahison grondent avec véhémence. Ces murmures accrochent les médailles des généraux fascistes sur le torse de leur commis. Les murmures vendent leur âme aux partisans de la dictature. Franco ordonna la fusion de tous les groupes politiques qui l'appuyaient, les phalangistes, les carlistes, les traditionalistes.

Naquit le mouvement unique, sous le nom de Phalange espagnole traditionaliste. Un instrument totalitaire au service de l'intégrité de la patrie. Voici que l'espoir s'enfuit plus loin, laissant les visages vident et fous. Dans les miroirs se reflètent encore et encore des jours et des nuits de larmes chaudes sur des corps froids.

– J'ai des frissons partout. Ça me fait mal de découvrir par où tu es passé, si jeune.

– Les conflits abolissent les âges. Les bourreaux et les victimes finissent unis dans la haine les uns des autres. La particularité d'une guerre civile c'est qu'il n'y a plus d'amis, nous sommes tous suspects.

– Et les suspects n'ont pas d'âge, pas de sexe.

– Le suspect c'est celui que l'on nomme dangereux pour l'ordre établi. Il faut le faire taire pour éviter la contagion d'idées contraires. Soumettre sa parole et la rabattre sous le joug de l'arbitraire. Dès lors, la plus petite pensée qui pourrait alimentait l'idée qu'on vit sous l'oppression, devient un véritable tapage pour les tortionnaires. La haine dévore les yeux, les hommes deviennent des bêtes.

De te raconter, ma mémoire se mobilise.

– Tu avais oublié ?

– Je ne sais pas. Tout cela s'était passé ailleurs, je crois.

– Où ça ailleurs ?

– Je ne sais pas. Caché dans mon corps peut-être. Avant que tu ne m'écoutes, ma tête était vide. Comme si tout avait disparu. Comme si les compteurs de ma mémoire avaient été remis à zéro. L'accès à mes souvenirs m'accorde uniquement ma mémoire récente, là, à quelques pas de maintenant. Ce dont je peux être responsable, se rappelle à moi rapidement. Pour le reste, des clous sont dans ma gorge, des images sur fond noir font de mes nuits un cauchemar.

– Tout se bouscule pour toi ?

– Non, pas vraiment. On dirait que mon histoire attendait dans mon corps, dans mes organes, jusque dans ma respiration. On dirait qu'il fallait toi. Aujourd'hui, simplement toi qui entends ma voix d'aussi loin. Ma voix en ricochet à l'intérieur de toi pour déclencher la mémoire des nuages dans le ciel.

– Fouille encore papa, je t'en prie, fouille encore. Apprends-moi des choses de toi. Dis-moi ce que je ne sais pas, mais que je devine un peu maintenant. Dis-moi ce que j'ai peur d'entendre. Ajuste ma vue à la tienne. Ne crains rien, je saurais me taire s'il le faut. J'apprendrais tes tourments, je les apprendrais par cœur. Je te les rendrais plus tard si tu le veux. Fleuris dans mon cœur, ils te seront doux. Tu les emporteras à la place de mes peines et de mes larmes.

– Écoute encore, si tu veux, tout n'est pas dit. J'ai le temps de te parler. Un peu de temps pour te dire...

– Pourquoi me dis-tu un peu de temps ?

– Parce que même l'éternité se limite.

– Mais, l'éternité peut s'étendre, c'est pour cela qu'on l'appelle l'éternité.

– Non.

– Pourquoi non ?

– Parce que l'éternité c'est ton désir.

– De transmettre ?

– Quelques fois, c'est de transmettre.

– Et d'autres fois alors ?

– C'est ce que tu veux en faire.

– Comme quoi ?

– Comme ce qui rejoint le désir ; détruire.

– Les deux sont liées ?

– C'est ce que tu décides d'en faire qui compte. Le regard que tu portes sur l'évènement.

– Dis-m'en plus encore.

– Quoiqu'il arrive, redresse-toi toujours avant d'agir. Observe, silencieusement, mais rapidement s'il le faut. Observe ton panorama intérieur, vois comme il te bouge, comme il veut t'amener à l'endroit où il l'a décidé de te jeter. Quelle gueule de loup va te dévorer ? Patiente jusqu'à ce que ton cœur pris dans l'embouteillage émotionnel ralentisse et cesse de s'adresser à ta haine, à tes peurs, à tes jalousies, à tes folies, à tout ce qui te rapetisse. N'emprunte pas aux autres leurs savoirs, n'écrit pas ta vie dans leurs encres. Trouve ton trésor, écrit avec ton propre sang, fait claquer le fouet de ta conscience.

– C'est ce que tu as fait toi ?

– Quelques fois oui, j'ai mes médailles d'honneurs.

– Et ?

– Le reste ?

– Oui.

– Pas très joli. Je me suis inscrit dans des schémas libellés par avance. Comme un pantin sans ficelle apparente; disloqué, indisponible à moi-même et à mon être profond.

– Je t'écoute. N'es-tu pas fatigué ? Veux-tu te reposer un peu ?

– Ici, la fatigue n'a pas de corps. C'est le désir de l'autre qui est décisif. J'ai besoin de me souvenir. Continuons, veux-tu ?

– Je suis prête. Je t'écoute... Es-tu parti ? Es-tu devenu subitement sourd ? Papa ? PAPA !

– Attends un peu, s'il te plait.

– Ta mémoire se promène ?

– Non.

– Que se passe-t-il alors ? Tu viens de me dire que tu voulais parler, raconter...

– Oui, je sais. Attends un peu, je t'en prie. Ma mémoire a rebondi sur un pieu dissimulé dans mon cœur il y a bien longtemps. Celui-ci déboule sur moi et me crie à l'oreille tout ce que j'avais passé sous silence. Tout ce que j'avais occulté pour garder intacte ma raison.

– Je m'impatiente, Papa, je bouillonne, dis-moi, parle, raconte, vite, vite je veux savoir, je veux t'entendre.

– Il y a eu un massacre là-bas, plus haut, presque à la sortie du village. Les fascistes ont fusillé des hommes. De vieux hommes sans défense. Des hommes plus jeunes surpris dans leur travail. Des encore plus jeunes, accrochés aux yeux de leur mère qui hurlent. Bousculer, pousser ces hommes à coup de crosses, jusqu'en haut du village, presque à la sortie. En repli afin que le village n'en souffle mot. Serrer ces hommes les uns contre les autres pour n'en faire qu'un. Puis les aligner comme des quilles pour n'en rater aucun.

« Tiraient ! Tiraient ! Tiraient ! Les salves meurtrières de vos frères ».

Il y a eu le silence. Arrêter l'horreur dans un long silence pour éviter que la riposte ne parle.

Il y avait un boulanger parmi ces hommes. Il faisait des tortas sucrés et même des tortas salés, quelquefois un peu trop cuits, trop caramélisés. Ils ont tué cet homme au milieu des autres gisants dans un même sang. Ils ont tué cet homme. Ils ont tué mon Père. Fusillé comme un animal à la sortie du village.

Plus jamais je ne mangerai d'hostie. Plus jamais le soleil ne brillera. Ils ont tué pour écrire leur pouvoir dans le sang. Ils voulaient pousser, reculer la résistance, assoir la peur dans le ventre des mères, jouir de tuer.

J'avais neuf ans. Mon enfance est morte emportée avec mon père. Il avait trente-et-un ans, c'était en 1935, tout à coup moi, j'ai eu cent ans.

Le silence fait du bruit, il se propage comme un son muet jusqu'aux suppliciés. Les bras enlacent les corps mous ensanglantés. Les mains caressent les visages déjà lointains. Ma mère était là. Seule dans sa tourmente, debout sans bouger. Elle n'avait pas de larmes sur son visage absent. Elle était comme une morte, mais debout, regardant mon père. Je ne sais pas si c'était le printemps ou l'hiver, j'avais froid. J'ai eu froid longtemps.

Nous sommes rentrés à la maison. Il n'y a pas eu d'obsèques. Il ne fallait pas faire d'émoi. Il fallait se taire.

Avaler la haine, la colère, la rancœur pour esquiver les représailles. La foudre était intérieure, étouffer par des sanglots béants. Je n'ai pas idée de la destination de ces corps. Je sais, car je m'en souviens, la terre tremblait sous le poids de ma peine. Je suis tombé en hurlant « vengeance ! ».

« PAN PARA HOY, HAMBRE PARA MANANA »
« PAIN AUJOURD'HUI, FAIM POUR DEMAIN »

La nuit, les maquisards sortent de leurs cachettes. Ces ombres emportent la nourriture laissée sur le rebord des fenêtres par les familles et les villageois. Ce ravitaillement a couté la vie à mon père et à tous les autres, pour l'exemple. Dissuader les villageois de nourrir les résistants. Les rouges, les communistes, les cocos, comme disaient les fascistes. Les affamer pour ensuite les tirer comme des lapins à la sortie de leurs trous.

Le village était meurtri, vidé de sa population. Les hommes rescapés du massacre avaient rejoint le maquis. Seuls, neutralisés par leurs vieillesses, les anciens organisaient un semblant de protection autour des enfants. Depuis quelques jours, l'éternité est arrivée à son terme. Nos conversations sont sous scellés. Je suis seul dans un monologue. Je t'appelle, mais tu n'y es pas. Irrémédiablement, je sens que tu m'effaces, souviens-toi, je n'existe que dans ton désir. Ton désir de transmettre, ton désir de suspendre, ou de tirer un trait. Tes oreilles nous condamnent au mutisme.

– Mes oreilles n'y sont pour rien. Ta voix ne parlait plus à mon cœur. Le ricochet de tes paroles rebondissait et me mettait dans un état de colère effroyable. L'horreur, la haine, la souffrance m'ont kidnappé, je n'étais plus mienne. Le chagrin se riait de moi et m'écrasait. J'étais ratatinée, agenouillée devant la dépouille de ton enfance inanimée.

– Puis-je continuer maintenant ? Le veux-tu ?
– Ma rage s'est apaisée.
– Cette nuit, j'ai rêvé que j'étais dans ses bras.
– Quelle nuit ?
– La nuit où c'est arrivé.

– Tu veux dire, pour ton père ?

– Oui.

Longtemps, toutes les nuits se sont chevauchées. Les nuits débordées sur les jours. Le soleil n'éclairait plus rien. J'étais dans ses bras, et il me parlait. Il retraçait sa vie pour moi. Il décrivait dans le moindre détail les évènements importants pour lui. Ma mère avait été son amour de jeunesse. Il l'avait épousée. Ses enfants, moi, son premier fils, j'avais été un évènement important le remplissant de joie. Ses rencontres, ses amis. Son père qui lui avait transmis la passion du pain, les astuces du boulanger. Et surtout quoiqu'il arrive rester digne, ne pas se rabaisser au niveau des tirants.

Rester digne ! Mais mon cœur bat à tout rompre, il casse tout à l'intérieur de ma poitrine. La transgression est en marche, je sais qu'un jour viendra où je baisserai les yeux devant son souvenir. À sa mémoire, je ne pourrais plus accrocher la mienne.

– De quelle mémoire parles-tu ?

– La mémoire qui nous garde de prendre l'arme de la vengeance. Le sang ne lavera jamais les affronts, il se nourrit de revanche et de rétorsion. La haine s'enflamme comme une torche, et passe des uns aux autres sans se soucier de qui elle s'alimente.

Je le sens que la haine s'est installée en moi. Dedans ça se propage vite, et déjà j'élabore un plan. Dorénavant, le matamore m'habite en profusion.

– Qu'est-il arrivé après la fusillade ?

– Tondues et maltraitées, ma mère et d'autres femmes furent emprisonnées. Durant des jours et des jours, elles furent nourries par un gavage d'huile de ricin et du pain dur. Leur ventre torturé de l'intérieur déballait tout ce qu'elles taisaient. Lampées après lampées, elles se vidaient, par en haut, par en bas, macérant dans leurs jus de subversives.

Rampant côte à côte à contresens de la vie, la mort se garda d'intervenir.

– PAPA, je voudrais hurler. Rien ne sort de moi, rien. Je suis muette de douleur. Mes larmes coulent au-dedans de moi, je vais mourir noyée. Je ne peux pas en entendre plus, je ne veux pas.

– Je te comprends, je sais le poids du vide dans son être. Je sais le poids du vide quand on se trouve dans l'entretemps. Je sais le poids du vide quand la mort sent plus fort que la vie, mais qu'on n'est pas mort.

– Pardon PAPA. Pardon, mon PAPA.

– Pardon ? Mais, pardon de quoi ?

– Je ne sais pas. Pardon de tout. Pardon de ne pas t'avoir aimé si fort que tu aurais guéri.

– Désormais, tu me guéris.

Plus tard, les réserves d'eau pour la population du village furent condamnées. Il n'y avait plus rien à manger. Puis la haine monta d'un cran. Diverses familles soupçonnaient de désobéissance, furent barricadées dans leur maison. Des planches de bois clouées obstruaient portes et fenêtres, livrant ainsi les enfants et les vieux à une mort au ralenti. Une mort qui petit à petit immobilise la vie dans les corps, avant de les dévorer. Une mort hypocrite qui ne salit pas les mains de l'assassin. Mais la mort s'infiltre en lui aussi, à son insu, car tuer ne fait pas que tuer.

– Tuer, ça fait quoi de plus ?

– Tuer te retire toute autre chose aussi, à ton insu. Trop occupé à exécuter la sentence, le bourreau ne voit pas sa folie. Il ne voit pas qu'il meurt à son humanité.

– Peut-être que par la suite le bourreau est maudit et qu'il finit par errer l'âme éreintée.

– La sanction qu'il impose à l'autre devient son propre châtiment, mais il ne le sait pas encore.

– Oui, mais lui continue de vivre.

– Il s'exténuera à vivre.

Je suis enfermé avec mon frère et mes sœurs. Je ne sais pas si j'ai peur. Mon sang est tellement alimenté par la peur que je ne sois plus qu'elle. Je m'aperçois que je ne ressens plus rien. Il n'y a plus de tintamarre dans ma tête ni dans ma poitrine. Je ne crois pas que ce soit du courage. Ça ressemble à de l'impuissance. Abimé de toute part, je suis un infirme désarmé par ma vulnérabilité. Je me demande lequel de nous mourra le premier. Ce n'est pas facile pour toi n'est-ce pas ?

– Quoi donc ?

– De rester assise, d'écouter, de prendre le temps nécessaire pour écrire les paroles de ma mémoire.

– Constamment, je bifurque et je m'accroche ailleurs. Puis tout aussitôt, je file à l'anglaise. Je me vois faire tout cela sans pouvoir y remédier. Les projets me paraissent insurmontables. Je me sens instable, dégoulinant de paresse. Je cherche la confiance, la force qui me donnerait l'endurance de poursuivre ton projet, ton désir.

– Notre désir commun, notre projet.

– La concentration reste laborieuse pour moi. Je dois me contraindre afin que ta symphonie historique ne s'enlise pas dans une ébauche superficielle.

– J'ai la solution.

– Je t'écoute.

– Cesse d'écrire pour moi.

– J'écris pour qui alors ?

– Écris pour toi. Entends-tu ?

– Non, j'ai les mains sur mes oreilles.

– Tu sais bien que tu ne m'entends pas avec tes oreilles.

– Je t'entends avec quoi ?

– Tu le sais bien.

– Tu te trompes.

– Ferme les yeux. Respire lentement. Écoute le rythme de ton cœur. Abandonne-toi, délicatement. Ton abandon délie les chaines de tes résistances, et c'est à cet endroit-là précisément que tu me trouves, que tu m'entends. Dans les battements de ton cœur se trouvent les miens.

– Ça me fait mal d'insister. J'ai l'impression de ne plus me reconnaitre, de me tirer la langue à moi-même.

– Essaie encore. Chaque mot, chaque page écrite révoquent le passé et t'actualises dans notre projet d'écriture au présent. Fais le deuil de cette apparence de toi trompeuse, va jusqu'au bout !

– Je t'entends PAPA. Je t'entends, cesse de crier.

– Continue d'écrire, n'en perds rien. S'il te plait, n'en perds rien.

« MAS SABE UN NECESITADO, QUE UN ABOGADO ».
« UN NÉCESSITEUX EN SAIT PLUS QU'UN AVOCAT »

Mes frères et moi sommes en isolement à l'intérieur de chez nous. Depuis les évènements tragiques, la maison avait été désertée. Les arômes de la marmite bouillonnante s'étaient figés dans le froid de la cheminée éteinte. Je soulevais le couvercle en fonte, très lourd. Le lard du Cucido (potage espagnol) se collait aux pois chiches. L'odeur âcre me souleva le cœur. Le parfum du plat préparé par ma mère ou ma grand-mère n'était plus qu'un relent pourri. Sans les braillements de mes frères, la maison semblait hébétée. Immobilisés dans le temps, nous étions comme hallucinés. La fatigue nous coucha, et le sommeil vint à notre rescousse. Je crus dormir des heures. L'horloge de la cuisine annonçait toujours la même heure. Cinq heures de l'après-midi, elle aussi était morte. J'essayais à coups de pied d'ouvrir les volets. Les clous épais et longs sont du côté des oppresseurs. Les clous obéissent au doigt et à l'œil, et avec une grande rigueur font battre en retraite mes élans de combattivité. La puissance des planches rivées aux volets anéantit mes projets d'évasion. Mon échec abandonne mes frères à leur destin de captifs. Dans leurs yeux, je ne vois rien. De leurs bouches, je n'entends rien. Comme s'ils étaient déjà morts. Ils se reposent. Chacun se repose dans un souvenir qui lui fait du bien. Moi, je ne veux pas me souvenir. Se souvenir, c'est une perte de temps. Se souvenir c'est voir devant moi mon père vivant et souriant. Se souvenir, c'est sentir les bras de ma mère et ses larmes glissées dans mon cou. Me souvenir me fragilise, je le sens bien dans ma poitrine qu'il ne faut pas que je me souvienne.

Mais le rêve de mon père et de ma mère me tire des sanglots. Je dois presque les oublier pour ne pas paniquer, sinon je suis foutu. Avant d'atteindre le sommeil éternel, nos estomacs sonnent le glas de la torpeur. Depuis quelques instants, ma petite sœur Gracieuse pleure, elle ne cesse de pleurer.

Un chapelet de hoquets et de paroles incohérentes s'échappe d'elle. On dirait un enfant fou.

Je trouve dans le placard quelques conserves de haricots verts et de pois chiche. La maigre réserve préparée par ma grand-mère pour affronter l'hiver. Sur la table de la cuisine, un torchon propre, blanc comme neige recouvre une assiette. Ce sont les restes de tortas et de pains invendus, qui sont restés là, témoins de l'absence. J'attrape le torchon et mon cœur dégaine dans ma poitrine. Comme un étau il me serre la gorge, si fort que j'étouffe. Mon cœur est sorti de moi, il me serre la gorge pour me tuer. Je ne comprends rien à ce qu'il se passe. Je sais que je suis en train de suffoquer, je vais peut-être mourir.

Je ne savais pas qu'attraper un torchon posé sur une assiette pouvait tuer. Alors je ferme les yeux, j'abdique. Je flotte comme une écharpe portée par le vent, c'est doux, enfin je me sens bien. Je suis mort, si j'avais su je serais mort avant. Rien n'est plus doux que cet instant perdu dans ma vie. Je m'agrippe pour y rester, de toutes mes forces j'insiste, mais les cris et les hurlements de ma petite sœur me secouent. Mon cœur lâche ma gorge et je suis à nouveau dans la folie des hommes. Je compris plus tard l'enjeu d'un torchon posé sur des pains et des tortas. Je le compris bien plus tard, quand tout cela fut éloigné de moi et qu'enfin je puisse me souvenir sans danger.

Pendant quelques jours, nous restâmes prisonniers. Je ne saurais dire exactement combien de jours. Je n'ai pas eu l'idée de faire une croix pour marquer l'alternance des jours et des nuits. L'éternité s'était immobilisée dans l'horloge morte qui l'avait avalée et sans battre tout à fait en retraite la peur cessa de nous défier. Chaque matin, il me semblait que quelqu'un viendrait pour nous délivrer. Chaque matin, je me disais, « ils vont venir, ils vont s'excuser de toutes ces horreurs ». Chaque matin, les « hommes » allaient se réveiller, se repentir. Chaque matin, j'attendais. Quel idiot ! Quel naïf ! Nous n'avions pas fini de serrer nos fesses pour ne pas sombrer. La porte ne s'ouvre pas, encore un jour de plus dans notre cimetière. La faim qui déchire nos estomacs ne fait pas profil bas devant les dernières miettes que nous partageons. Alors j'essaie d'amuser mes frères, je leur raconte des histoires. M'écouter est une contrainte pour eux, un blasphème à leur torture, à leur souffrance. Ils veulent souffrir en silence, à leur rythme, sans écouter mes sornettes décalées.

Comme il est facile de faire marcher à la baguette les petites gens, les déshérités. Comme il est facile de les réduire à néant et de les avilir. Les prédateurs se nourrissent de l'innocence des enfants.

L'église écouta son courage, mais celui-ci ne fut guère bavard. À aucun moment elle ne manifesta d'empathie envers les séquestrés. Les prêtres qui luttaient contre cette cruauté et ce sadisme sont partis depuis longtemps dans les collines rejoindre les maquisards. Au même titre que les rebelles, leur vie ne tenait que par un maigre fil. Pour ces prêtres, la violence est contre nature. Ils savent déjà que là-haut dans les collines ils ne prendront pas les armes. Ils ne sont pas que prêtres, ce sont des hommes libres. Ils refusent de tomber dans le piège de la religion qui détruit l'intégrité de l'homme. Ils refusent tous les arguments qui permettent aux puissants, religieux ou politiques de s'absoudre de leur responsabilité.

Ces hommes-là ne condamnent ni la religion ni la politique, mais ils ne l'appliquent pas aveuglément. Ils ne pratiquent pas seulement la non-violence, non, c'est au-delà, ce n'est pas un concept, c'est plus intérieur. Ils se sentent frères de tous, c'est ça, je crois, ils se sentent frères de tous. Quand je prononce ces mots, « *frères de tous* » ils me font comme une caresse au-dedans de moi. Il y a si longtemps que je n'ai pas eu de caresses, de douceur. Je les prononce encore, « *frères de tous* », « *frères de tous* », « *frères de tous* »... Ces hommes-là observent, ce sont des observateurs. Ainsi un jour ils ont vu la violence, ils ont vu la violence en eux. Le trajet qui mène à la haine, puis, à prendre l'arme ensanglantée. Ils ont vu en eux, alors ils ont compris, ils ont compris que tout le monde tremble de peur, et craint de mourir. Ils ont vu, ils ont compris à l'intérieur au plus près de leur cœur que l'autre est un germe d'eux même. La religion qui les anime n'est pas une bave de blablas moralisatrice. Elle brille de l'éclat de l'importance de l'autre, de l'être, de tous les êtres. Elle brille de l'éclat de l'amour, alors comment tuer ? Comment dire que j'ai raison ? Comment dire que tu as tort ? Là-haut cachés dans les collines, il leur faudra réaliser l'œuvre de leur inspiration. L'absolue connaissance peut avorter et les maquisards peuvent les ressentir comme une menace, car se soustraire à l'oppresseur ne suffit pas, il faut l'empêcher de nuire, et qu'avons-nous pour nous défendre dans cette conjoncture dictatoriale ? Les armes ! Mais chaque chose en son temps. Peut-être que ces prêtres, eux aussi fermeront les yeux sur leurs actes, pour ne pas mourir tout à fait. Puis, ils parleront du parfum de la vie. Du monde plus beau, plus vivant, plus sensible. Un temps qui leur semblera une éternité, une diagonale à n'en plus finir.

« DICIEMBRE, FRIO O TEMPLADO, PASALO ARROPADO »
« DÉCEMBRE, FROID OU TEMPÉRÉ, MIEUX VAUT SE COUVRIR »

Il me semble, qu'au-dehors la nuit est tiède, dans la maison les murs épais se rapprochent de nous par la fraicheur qui s'en dégage. Il fait soif, il fait faim, il fait peur ! Les ténèbres se faufilent par les orifices oubliés dans le bois des volets. Chaque jour dès le petit matin en gouttelettes étincelantes le soleil tente de percer les barricades de bois. Quand le soleil monte s'installer dans le ciel, ses filaments lèchent les murs de la maison et s'introduisent par toutes les petites fentes inattendues. Ces scintillements jouent à nous montrer du doigt, nous nous bousculons dans ce feu joyeux de lumières. Ce petit moment de douce folie me persuade que nous ne sommes pas tout à fait morts ni retranchés derrière notre enfance. La maison absorbe les faisceaux de lumières chauds et les tentacules étincèlent sur notre peau. Cette douce chaleur fait le toboggan sur nos bras et même après, nous avons un peu froid. Le soleil se détourne de nous pour lécher le haut de la maison jusqu'au toit. À midi, il cartonne et tape sur les tuiles d'argile sans relâche, puis dans son déclin recrache la maison. Sais-tu quel âge ont les enfants qui vivent leur enfance dans un conflit de guerre ?

– Je ne comprends pas ta question, me parles-tu de ton âge ? De l'âge de ton frère ? De l'âge de tes sœurs ?

– Je parle de tous les enfants qui vivent prisonniers d'un conflit dans lequel s'inscrit la démesure de la folie des adultes.

– Tu vas m'éclairer n'est-ce pas ?

– Ont-ils neuf ans ? Deux ans, six ans, quinze ans ? J'ai quel âge moi maintenant qu'on a sabordé mon enfance ?

Quel âge ont mes sœurs maintenant que n'importe quel loup peut les dévorer ? Quel âge à mon frère maintenant que son père c'est moi ?

– Tu veux me dire que vous êtes des adultes, des enfants muris trop vite ?

– Je veux te dire que ce n'est pas la sève de la vie qui fera notre printemps. Quand l'hiver vient trop vite et qu'il gèle par-dessus, il faut beaucoup de temps à un gosse pour retrouver la rosée du matin. Il nous faudra beaucoup de temps pour relâcher la garde, pour rendre les armes de notre sentinelle intime. Nous ne sommes plus des enfants, nous ne sommes pas des adultes, nous sommes comme des apatrides. Nous nous retrouvons dans un contexte frauduleux qui nous singularise en nous montrant du doigt.

– Je comprends ce que tu veux me dire. Tu veux me dire que la privation des parents, ou d'adultes bienveillants pousse les enfants à développer une vigilance constante qui égratigne la poésie de leur insouciance, et les prive d'innocence.

– C'est ça, nos nuits ne seront plus des voutes étoilées. Dorénavant pour nous garder en vie nous nous en remettrons qu'à nous même. Sans cour de récréation pour relâcher notre tension.

– Quel âge as-tu finalement ? Tes frères et sœurs quel âge ont-ils ?

– Nous avons la somme de tous nos âges confondus. Trente-quatre ans, voilà, nous avons tous les cinq le même âge, trente-quatre ans... Nous sommes plus vieux que notre père, c'est pour cela qu'on nous persécute.

« FIESTAS DE VERANO, FIESTAS PATRONALES, FERIA. »
« FÊTES DE L'ETE, FÊTES PATRONALES, FERIA. »

Mon enfance a tellement zigzagué que j'ai complètement oublié le sens du mot jouer. Nos rires, nos cris de joie, nos ballades, nos baignades se sont isolés sur l'autre rive de ma vie, celle d'avant mon grand âge de trente-quatre ans.

J'ai l'impression que je ne peux plus fermer les yeux, même quand mes paupières baissent le rideau, je reste aux aguets. Le sentiment merveilleux de légèreté de mon enfance a complètement disparu, il s'est débiné depuis belle lurette. Au-dedans de moi, je suis rêche, j'ai des écailles rugueuses comme un poisson, mon aquarium est à sec.

J'attends. Nous attendons ! Combien de jours encore ? Nous sommes dans la perfection de l'attente. Nous ne dormons que par étapes, jamais vraiment toute une nuit, jamais tous, endormis ou réveillés en même temps. Nous nous croisons, nous avons pris un rythme de croisière sans festivités.

C'est long, c'est lent, cinq, six jours, puis dans le silence du matin un fracas déchire le volet de la porte d'entrée. La maison se réveille en sursaut, brusquement des hommes pénètrent à l'intérieur, ma petite sœur se jette sur moi tant elle a eu peur, je la serre contre mon cœur et elle cache son visage au creux de mon épaule. Je ne sais pas si ces gens-là viennent pour nous délivrer, je n'ose pas encore m'en convaincre. Je ne sais pas si leur intention n'est pas pire que notre captivité, mon Dieu, que va-t-il encore nous arriver ? Je ne reconnais aucun de leur visage, et leur voix rocailleuse ne me rassure pas du tout.

Je voudrais me souvenir d'un de ces hommes, le reconnaitre comme un ami de ma famille, il vient vers moi, nos regards se croissent, il me parle délicatement en me tenant les mains... Mais je n'arrive à me souvenir d'aucun de ces visages, ils demeurent tous sans nom. Sans aucune bienveillance, ils nous tendent des gobelets en fer rempli d'eau. Jusque dans ce geste banal de remplir un verre d'eau, je leur trouve de l'agressivité, ils s'exécutent dans un mouvement vif et acéré.

Ma gorge est desséchée, l'eau ne passe qu'à petite dose et le reste coule en dehors de ma bouche. L'eau cascade sur mon torse à l'intérieur de mon tricot de corps, puis elle dessine des rigoles qui collent mon tricot à ma peau. Nous sommes libérés de l'étreinte de la maison, mais pas de la folie des hommes.

Nous n'avons aucune nouvelle de notre mère, si elle est morte la voilà libérée, si elle est toujours emprisonnée de toute façon elle sera toujours un peu morte, et sans doute pas qu'un peu.

– Que s'est-il passé ensuite ? Comment vous êtes-vous nourri ? Avez-vous continué à vivre ensemble chez vous ? Et ma grand-mère, qu'est-elle devenue ?

– Doucement, laisse-moi le temps de rétablir le contact avec les évènements du passé, il y a une chronologie qui s'installe et la restitution est condensée. Je répondrai sans restriction à toutes tes questions. Mais tu sais, d'entendre de ta bouche prononcer ce mot, « Grand-mère », ça me fait drôle. Parce que je ne l'ai pas connue dans ce rôle de grand-mère. Ça donne à ma mère une autre dimension et encore plus d'importance. « *Maman, mes enfants t'ont fait grand-mère !* »

La guerre ne vole pas que les parents aux enfants, elle vole aussi des enfants aux parents, et plus loin encore leurs petits-enfants.

La guerre contamine et abime comme un feu nucléaire, même au-delà de l'armistice et pour combien de générations ? L'arrêt des hostilités ne signe pas l'arrêt des morts, l'arrêt des souffrances, l'arrêt des amputations, l'arrêt des peurs... Les dégâts se propagent et la contamination s'inscrit dans la tête, dans le corps, mais elle n'apparait pas au début, pas forcément au début.

Pendant quelques années, tu oublies la guerre, elle fait semblant de t'oublier, mais l'insidieuse s'est lovée au fond de toi, comme un serpent enroulé. Puis apparaissent, des cauchemars, des douleurs, des angoisses, des envies de suicide, car l'odeur de la mort remonte des enfers et t'en donne le gout. Tout au long de notre vie, ces morts restent à proximité de nous et nous suivent partout.

Après notre libération, l'état ne savait pas vraiment quoi faire de tous ces enfants orphelins. Ces enfants sans parents posaient un véritable problème aux institutions, car livrés à eux même et sans adultes pour les maitriser, l'ordre établi pouvait se briser très rapidement. Pour les contenir, il fallait au moins dompter leur faim, ce besoin initial satisfait modérait à lui tout seul, les plus vives ardeurs.

– À mon avis, ils oublient un peu vite la nature insatiable des enfants, et puis la nourriture ne vient pas seulement satisfaire un besoin fondamental n'est-ce pas ? Elle nourrit de caresses et de tendresses absentes.

– Oui, elle vient réformer le caractère abject qui nous plonge dans cette situation, un temps, un temps très court, mais qui a son importance, nous mangeons, et veux-tu le croire, à ce moment-là nous entrons en humanité.

Même si nous savons que les jeux sont truqués, l'humeur violente de la situation se détache. Pour nous garder sous leur influence, ils eurent une idée de génie. Subordonner les garnements des « rouges »...

– Rouges ? Qu'est-ce que « rouges » ?

– Les cocos, les communistes, les rouges, quoi ! Nous étions tous assimilés à la même subversion, des résistants communistes un point c'est tout. Ça, les arrangeait bien, moins de frais de conscience, tout le monde dans le même sac.

Les « rouges » qui luttaient ouvertement contre le régime des fascistes et qui vivaient cachés dans les collines avaient la sympathie d'une grande partie de la population subalterne. Une vaste population d'insoumis qui luttait à leur façon contre les oppresseurs. On pouvait compter dans ce réseau d'indociles, des femmes, des mères de famille, des adolescents qui rêvaient d'y être admis, et des hommes qui manquaient de courage, mais qui ne les auraient jamais vendus. Je ne sais pas exactement le rôle que mes parents ont tenu, je me souviens que ma mère cousait du linge qui n'était pas à nous, confectionnait des drapeaux et autres étendards flottants, pavillon rouge qui disparaissaient la nuit.

– Quelle était cette idée de génie dont tu voulais me parler ?

– Pour laver leur conscience...

– Hum ! Pour ce qui est de la conscience, vaut mieux, ne pas trop la leur laver...

– Tu as raison, il n'y en a déjà pas beaucoup. Donc, je rectifie, pour déjouer toute forme de révolte qui mènerait à un soulèvement collectif, ils mirent en place une cantine quotidienne. Les familles de notables, de riches paysans, de riches tout court achetèrent la paix de leurs âmes et leur tranquillité en s'engageant à nourrir une fois par jour un ou plusieurs enfants en fonction de leur poids financier ou de l'absolution recherchée.

– Oyé ! Oyé ! Braves petits, venez constater comme nous sommes bons et généreux !

– Tu as conservé ton humour à ce que je vois.

– Ça me garde de la colère, ça la dirige ailleurs et je peux l'utiliser à ma guise pour en faire autre chose que de la « ronchonnnnade ! »

– Il nous fut donc distribué, un document en papier cartonné gris, un peu plus large que haut avec des cases alignées de dimension différentes, un peu à la va-que-je-te-pousse.

– Jusqu'au bout, vous n'aviez à leurs yeux nulle importance.

– J'imagine que les documents officiels avaient une autre tenue, et puis, faisons leur grâce, la photocopieuse en ces temps-là ne remplaçait pas encore les porte-plumes et les encriers.

– À quoi devaient servir ces cartes cartonnées ?

– La première fonction de ces cartes, et pas des moindres, est de nous dénoncer sous l'identité restrictive de brigands, malfaiteurs et indociles. Ainsi étiquetée, notre procession alimentaire nous expose sous le regard des autres. En plus d'être assujettis à un ordre, nous sommes aliénés à notre estomac.

– Votre étoile jaune en quelque sorte ?

– Oui, tu as raison, il y a autant d'étoiles jaunes que de façon plus ou moins ignoble de montrer les autres du doigt pour s'en démarquer.

– Des fois, Dieu me donne la nausée.

– Quand Dieu te donne la nausée, c'est que la personne qui t'en parle t'empoisonne avec sa propre folie. La lecture d'un Dieu doit t'apporter une saveur douce dans le cœur, dans le corps, les peurs se transforment en sérénité, et tu ressens un apaisement intérieur.

– Dieu est un ami n'est-ce pas ?

– Oui, Dieu est libre, ce n'est pas un avertissement que tu dois retenir de lui. Dieu passe par ta conscience, par ton filtre, ce n'est pas lui qui agit, c'est toi, tu as le choix d'être comme une masse de rudesse ou généreux comme un oiseau qui se pose sur ton épaule.

– Le choix de chacun, je comprends, ou j'écris son nom avec du sang ou je l'écris dans la pacification, c'est moi qui fais Dieu.

Waouh ! Là, c'est plus pareil, je n'ai plus d'excuses, je ne peux plus dire, c'est la faute de l'autre. Ils sont si nombreux à parler en son nom, je me demande comment faire pour l'identifier.

– N'essaie pas de l'identifier dans une cause, dans une religion, n'essaie pas de le trouver dans un pays ou un autre, ne le cherche pas, observe-toi et tu le verras dans tes gestes délicats, dans ton écoute sans jugement, dans le respect de toutes nos différences. Là, placé au creux de toi, tu en es, l'humanité.

– C'est facile pour toi, placé aux premières loges, tu le fréquentes de prés.

– Tu n'as besoin d'aucun effort, juste un seul petit instant, dit-toi une seconde, « Dieu c'est moi » , Dieu c'est mon voisin, Dieu c'est celui que je vois comme mon pire ennemi, Dieu ce sont les personnes que j'aime et Dieu c'est ce que je n'aime pas, un point c'est tout.

– Ça m'a l'air un peu facile ton histoire de Dieu...

– C'est facile, au début, même ici si près de lui comme chacun peut le penser, je me suis aperçu que sa présence était abstraite.

– Si je comprends bien, dans le monde de la mort, Dieu est encore absent ?

– Non, c'est toi qui décides, c'est une élaboration de l'esprit, une orientation mentale.

– Ça me parait horrible, à cette idée, je me sens déshumanisé.

– Parce qu'encore une fois cela te renvoie à ta propre responsabilité, à ton engagement vis-à-vis de lui.

– Ou tu abimes, ou tu réconcilies.

– C'est comme ça ici, c'est ça la liberté, c'est de prendre tes responsabilités. Tu agis, mais si tu veux rencontrer Dieu, il n'y a qu'une issue. Rappelle-toi, il n'y a qu'une issue.

– Quelle issue ?

– La région de ton cœur. Lorsque tu parles avec ton cœur que tu as fait passer les situations que tu vis par cette région, tu peux parler et agir sans haine.

– Certains disent que Dieu est mort.

– Ils le pensent surtout quand les évènements ne correspondent plus à leurs attentes, à leurs désirs, quand ils ne sont plus regardés comme des êtres exceptionnels, quand ils rejoignent le commun des mortels, quand ils réalisent que tout ce qui peut arriver à un autre peut aussi leur arriver. Cette piqure-là leur fait mal. Dieu n'a pas peur que tu le contredises, ce n'est pas un orateur ni même un prédicateur, il est à lui tout seul, l'expérience humaine la plus élaborée. À toi si tu le veux et c'est encore une fois de ton choix d'en faire ou pas un élan vers le divin. Ce mouvement devient peu à peu ton pèlerinage, et il ne contient aucune formule toute prête.

– Nous nous sommes éloignés des cartes alimentaires.

– J'aime bien jouer à saute-mouton avec mes souvenirs.

– La vie est un mouvement fluctuant, les souvenirs un déplacement fluctuant.

– Oui. J'aime ta poésie. L'idée furtive que notre vie porte en elle clandestinement tous nos souvenirs.

– Papa...

– Oui...

– De quoi es-tu fait depuis que tu es mort ?

– De ton écoute, de ton envie, de toi...

– Comment est-ce possible ?

– C'est la même passerelle que celle qui te mène vers ton dieu, le sens de l'orientation mental. Quand tu t'abandonnes à cette inspiration tu te libères de tes obsessions, alors là, il y a un moment suspendu sans identification, sans projections, alors j'apparais, je t'apparais.

– C'est du génie !

– C'est le gout partagé d'y croire, ce n'est pas de l'espérance. Tu vois ce qui nous lie n'est-ce pas ?

– Je ne vois pas, du moins, pas tout à fait.

– Ce qui nous lie c'est de « partager » une même intention, cela fait notre union. C'est cette générosité qui nourrit notre passerelle commune.

– Le partage d'une même confiance rend possible notre rencontre ?

– Oui, c'est notre état d'esprit.

– Je n'en reviens pas encore...

– Ne cherche pas.

Sur ma carte cartonnée, il y avait écrit mon nom de famille, mon prénom et mon âge. Pas ma date de naissance, mon âge. Neuf ans. J'étais plus près de mes dix ans. J'ai eu l'impression que l'âge c'était comme du faux âge.

– Que veux-tu dire par là ?

– Que c'était très approximatif !

J'avais neuf ans pendant trop longtemps, je ne pouvais pas compter les jours et les mois qui me séparent de mon nouvel âge. On m'ôtait le « demi » qui me paraissait indispensable. Je n'ai jamais eu neuf ans et demi. Je suis passé directement à dix ans. Sur le carton de ma petite sœur, l'âge n'y figurait pas. Elle était pourtant née. Il y avait écrit en grosses lettres, plus grosses que celles qui écrivaient nos noms et prénoms, le nom de la famille chez qui nous allions ripailler. Pas le prénom. Le nom seul ou rajouté au nom de l'hacienda ou de la ferme.

– Vous n'étiez plus que les pictogrammes de vous-même.

– Banale réduction.

Je devais me présenter à 14h chez mes bienfaiteurs. C'était une famille que je connaissais, mon père dans une autre vie leur livrait le pain. Tous les jours vers 13h, j'allais m'assoir à l'entrée de leur domaine. J'attendais contre vents et marées, le plus souvent sous un soleil de plomb, l'heure de ma bombance. Mon cul posé sur une pierre, l'estomac à l'agonie rêvant de garnitures autour de succulentes viandes.

« ACEITE, VINO Y AMIGO, MEJOR CUANTO MAS ANTIGUO. »
« L'HUILE, LE VIN ET LES AMIS, C'EST MIEUX QUAND C'EST PLUS ANCIEN. »

Je n'en revenais pas, moi, Federico, neuf ans et demi passés, petit Espagnol dans un pays chrétien, porté par une majorité de catholiques qui jouait du violon à Franco, j'allais m'assoir à la table d'une grande famille de rupins. J'allais déguster des mets dans l'opulence de couverts argentés, j'en étais tout décoiffé. Concentré et imperturbable, je salivais à l'idée de me régaler.

À quatorze heures légèrement passées, quelqu'un arriva avec une boite en fer gris dont le couvercle tenait miraculeusement par un seul rivet. Des dessins de rouille formaient des courbes tumultueuses au dehors de la boite, immédiatement l'enchantement se morcela. Pour le dedans, je ne présageais rien de plus raffiné. Avant de me servir d'assiette, cette écuelle avait longuement séjourné dans un coin du jardin avec une fleur plantée dedans, ou, peut être abreuvait-elle les animaux. L'individu me tendit l'offrande, j'écoutais mon estomac et mon orgueil pâli. J'étais mal attifé et sale, surtout mes vêtements. Je devais lui faire le même effet que me faisait sa boite de rouille. Je triomphais de mon orgueil, lui de rien.

– Quand on a faim on oublie les gestes les plus simples du quotidien, se laver, se coiffer...

– Oui, on a faim, c'est tout et c'est déjà beaucoup. Assis sur ma pierre les genoux aux oreilles, je reniflais le contenu de la boite. Il n'y avait pas d'odeur rebutante. Les restes de la veille ou du déjeuner du matin. Tiède, refroidi, mais pas non plus froid. Avec la fourchette de mes doigts, je pris des morceaux de pain qui m'avaient l'air d'avoir été déjà mordus. J'arrachais des bouts de viande restés collés sur les os du poulet. Je triais pour en laisser le meilleur à mes frères et sœurs à mon retour. Sans m'adresser la parole, l'homme repartit. Son indifférence rajouta un degré à mon insignifiance.

Arrivé à la maison, le casse-croute était ingurgité en moins de cinq minutes par la horde familiale. Pas de chichi, pas d'appétit sélectif, le contenu de la marmite est éradiqué en moins de temps qu'il ne faut pour le dire. Les petits doigts de mes sœurs éraflent le tour intérieur pour en récupérer les dernières miettes. Je les regarde faire. Voici longtemps que je ne regarde pas, mes yeux étaient en permanence raccordés au moindre bruit et faisaient équipe avec mes oreilles. Là, simplement je les regarde. La porte de la maison est ouverte. Mes sœurs mangent. J'ai un sentiment de bienêtre et de liberté.

– Ainsi le temps s'étire, et...

– Et... Pour améliorer notre ordinaire, souvent la nuit, je filais le clair-obscur de la lune pour dérober des œufs dans les poulaillers. Les poules restaient interloquées par mon audace. Je cueillais l'abondance des champs et des vergers. Fruits ronds, murs et juteux donnaient un air de fêtes à nos petits déjeunés. L'excédent de mon butin rejoignait la clandestinité des cachettes les plus reculées. Il ne faisait pas bon être pris la main dans le sac de victuailles dérobées.

Mes excursions nocturnes s'étiraient quelques fois en bout de course de la nuit, la riposte de nos appétits me faisait prendre des risques. Je devais calculer mon coup tel un renard dans un poulailler. La nourriture était comme un jeu pour mes sœurs...

– Elles jouaient avec la nourriture ?

– Pas du tout. Elles en avaient tellement manqué que cela les avait changées.

Elles ne pensaient plus à jouer avec un quelconque objet faisant foi de poupées. J'avais l'impression qu'elles avaient oublié qu'elles étaient enfants. La nourriture, se nourrir, manger, avaler devenait leur principale activité. C'était devenu leurs jeux de société, et c'est moi qui amenais les cartes à distribuer. Elles dévoraient. Il me semblait que la quantité était supérieure aux calories qui nous avaient tant manquées. Une nuit, la lune ouvrit grands ses volets. Je m'installais sous un olivier qui surplombait une petite route. D'en bas, on ne pouvait pas me voir. Les projecteurs de la pleine lune s'accrochaient dans les feuilles et dans les branches de l'olivier. Ainsi la route s'éclairait presque comme en plein jour. La lune lançait le bal et la nuit dansait avec un petit air doux. C'était l'été. J'étais le roi du monde. Perché là-haut, j'y voyais aussi bien qu'une chouette.

Dans le parfum de la nuit, je m'endormis. La lune épuisée par sa longue veille laisse peu à peu la place au soleil. Les échappées de feu de l'astre se propagent et s'étalent dans les campagnes au loin. L'horizon s'ouvre et s'étire dans un gigantesque panorama. Le soleil mélange vivement le ciel et la terre et installe une nouvelle journée. Rapidement, l'horizontal et le vertical, titubent ensemble serré dans la chaleur hermétique de l'été.

– Ce matin, maman est revenue.

– D'où revenait-elle ? De la prison ?

– De je ne sais où. Je veux le dire ainsi, « *de je ne sais où* ».

– Comme si elle s'était égarée volontairement ? Tu veux l'engloutir, l'anéantir à la perfection des hommes de main de Franco ? Tu me fais peur papa.

– Je veux juste adoucir l'évènement à ma façon. Je veux avoir un contrôle sur cet épisode de ma vie. Je veux le rendre moins insupportable.

– Je ne comprends pas.

– Moi non plus je n'ai rien compris de ce qui me dominait à son retour. J'étais le pensionnaire de toutes mes peurs et j'avais pour obligation de survivre. Son retour est venu m'étrangler et me rappeler que je n'ai rien fait pour la libérer. Je l'ai laissé où elle était. En prison. Ma réaction n'était autre que l'opposition que je tentais contre ma culpabilité. Et celle-là, je peux te dire qu'elle me faisait horriblement souffrir, elle m'assassinait, elle me rappelait sans cesse que j'avais abandonné ma mère à son triste sort.

– Mais papa, tu étais un enfant.

– Les seuls enfants qui restaient en Espagne pendant la guerre civile vivaient dans les familles protégées.

– Ceux qui sont nourris grassement alors que les étals sont vides ?

– Oui. Les autres ne sont plus des enfants. Les autres n'attirent aucune compassion. Les autres n'ont pas d'importance.

– Ta culpabilité te désignait comme un lâche ?

– Oui.

– Mais pas seulement... n'est-ce pas ?

– En plus, quoi alors ?

– Ta culpabilité te montrait aussi comme une personne qui avait fait un choix très important.

– Lequel ?

– Un choix qui ne peut se faire qu'avec une conscience déjà mature.

– Quel choix ?

– Celui d'épargner d'abord les plus fragiles. Ta mère s'est échappée de ta pensée parce que tu n'avais pas d'autre alternative. Ton choix t'a qualifié de responsable auprès de tes frères et sœurs.

– Tu veux me dire qu'ainsi j'ai préservé ma fratrie ?

– Oui, tu as été au plus pressé, tu as favorisé leur salut, tu ne pouvais jouer sur les deux fronts sans risquer ta vie et la leur.

– De l'entendre de ta bouche c'est comme si je l'entendais venant de ma mère et cela me fait du bien. Tu sais « le *je ne sais où* » de son retour, je le situe dans un voyage. C'est tellement doux d'évoquer un long voyage qui amène des cadeaux, des couleurs, des odeurs, des rires. Les voyages ramènent du supportable, du tolérable, de l'acceptable, du beau, du rêve. Elle était en voyage pour ensuite nous raconter les paysages à l'infini et qui tombent derrière le monde. Mais sans doute, le retour de son long voyage fut périlleux. Son visage est plié et rentré dans les orbites de ses yeux et des ronds noirs se dessinent en grand tout autour. Sa robe fanée s'effiloche comme un chiffon. Ses lèvres tremblent et nos prénoms trébuchent dans sa bouche. Ses cinq enfants sont là.

Un quelque chose la saisit. Elle tombe assise sur la chaise. Mes sœurs et mon frère l'entourent. Ils se serrent contre elle comme pour pénétrer son corps, on dirait qu'ils veulent la sentir de dedans comme au premier jour de chacun. Elle me regarde. Je ne me vois pas dans ses yeux. Son retour est soudain, si longtemps espéré, il s'est figé dans mes rêves et ne peut exister. Je recule. Je me sens raide comme une autorité implacable qui m'interdit la tendresse. Je ne suis plus un enfant. Je ne suis pas un adulte. Je suis un tube digestif qui digère ce qu'il vit sans état d'âme. Je suis comme la robe de ma mère. Je suis fané.

Le silence se solidifie. La maison rétrécie, on étouffe. Personne ne parle. L'horreur et la souffrance parlent à la place de ma mère. Sa bouche dissimule les mots qu'elle pourrait nous dire. J'ai oublié sa voix. Sa langue a dû se décrocher en route. Un si long voyage. Si longtemps seule. Sa langue s'est trop reposée, elle a perdu l'habitude de parler, c'est simple à comprendre. Elle me fait penser à un poteau. Sa joie de vivre a été chloroformée. C'est ma mère, mais ce n'est plus ma maman.

« DIME CON QUIEN ANDAS Y TE DIRE QUIEN ERES »
« DIT MOI AVEC QUI TU RESTES JE TE DIRAIS QUI TU ES »

1937, le temps se dépêche, j'ai onze ans. Les champs se sont à nouveau équipés de main-d'œuvre féminine et d'enfants dociles. Le travail n'est pas toujours rémunéré par de l'argent. Denrées et volatiles se transforment en quittance de fin de semaine. L'argent se fait rare et toujours le bienvenu. Des fois, je rêve que des pièces d'or m'ensevelissent et que dans la désinvolture de mon âge, j'achète ! J'achète ! J'achète ! J'achète mon choix ! J'achète d'aller à l'école et d'apprendre à lire. J'achète à toute la famille des chaussures chaudes et confortables. J'achète de la nourriture bonne et fraiche. J'achète le choix de redevenir un véritable enfant.

Mon rêve est passé à la moulinette des premiers rayons de soleil. Ma sortie du sommeil sert de visière à l'astre alors je me lève. Une stratégie de troc permet aux villageois d'éviter de grosses carences alimentaires aux enfants. Des œufs peuvent faire le tour complet du village sans une brisure. Ce n'est pas de l'art ça ?

Depuis le retour de ma mère nos journées sont comme ritualisées. Du lever au coucher, du coucher au lever, rien ne vient ébranler ma pénurie de sentiments. On dirait qu'on ne s'aime plus ma mère et moi. On dirait que notre amour est resté accroché dans le tableau de mon père gisant. Je le ressens comme un jugement et ça me fait mal. Je ne montre rien de tout ça. Je le camoufle toute la journée au fond de moi et ça me fait comme une épaisseur brulante dans ma poitrine. La nuit au fond de mon lit, mes larmes coulent et refroidissent mon corps. J'ai idée de partir. Mais ce départ serait une sentence irrévocable. Je ne peux m'y résoudre. Je préfère attendre et désobéir à l'échafaud de mon histoire qui veut me réduire en bouillie.

Ce matin, ma mère nous a dit que la mort est venue chercher Grand-mère. « La mort l'a emportée ». Ma petite sœur n'y comprend rien. Que grand-mère parte avec la mort, c'est une chose, mais qu'elle oublie de l'embrasser reste une interrogation. Elle compte quereller grand-mère à son retour. Elle rajoute aussi, qu'elle refusera de l'embrasser... Vengeance !

Ma petite sœur baragouine à ma mère, *« où ça l'a emporté sa copine. » « Elle revient quand ? »*

La déclaration candide de ma petite sœur remplit de larmes les yeux de ma mère, sa bouche s'étire et lui dessine un drôle de visage. Finalement, ma mère est vivante, elle éclate de rire, ses rires et ses larmes s'associent en symbiose. La scène en est comique, mémé est morte, et ma mère à des soubresauts de rires et de larmes. La symphonie se répand et nous attrape tous, les uns après les autres. Ma petite sœur a un rire de gorge, mais ne comprend en rien la magie de ses mots. Elle se cale contre ma mère. C'est une famille étrange ! C'est une famille de fous ! Le sortilège est tombé, je retrouve ma maman. Je décide vraiment de rester. Je retrouve la douceur des gestes maternels. Je réalise combien son absence a été pour moi une torture, sans doute bien moins grande que la sienne. Ses mains rugueuses râpent mon visage, mais ses baisers sont plus doux que le velours.

Nous avons hérité de l'âne de ma grand-mère. Grand-mère n'est jamais revenue ma petite sœur a dû s'y faire. Peu de temps après, mon petit frère âgé de neuf ans est engagé comme berger, rémunéré d'un repas à midi et un « duro » par mois. Je ne sais plus à quoi correspond la valeur de cette pièce de monnaie. Elle est sans doute plus riquiqui que la péséta qui fut la monnaie espagnole avant l'arrivée de l'euro. Un sou par mois, douze sous par an... Un sacré magot !

Bientôt, un nouveau plan germa dans ma tête. J'en parlai à ma grande sœur. Sans même y réfléchir, celle-ci y adhéra en fanfare. Elle avait pour moi une confiance illimitée et déraisonnable. Le lendemain matin dès l'aurore ma grande sœur, l'âne Pédro et moi prenions la route. Nous avions établi un contrat quelque peu sommaire avec les boulangers et certaines familles argentées. Nous devions livrer tous les jours en fin de matinée le bois nécessaire pour le bon fonctionnement des fours à pain et des poêles à chauffage.

L'esquisse du jour était encore endormie lorsque nous démarions notre caravane. Quelques fois, la colère du vent jouait avec les branches d'arbres, alors notre imagination allait bon train. Nous étions livrés à la valse funeste des branches et des feuilles, la peur en embuscade, seul le courage émérite de l'âne Pédro nous réconfortait.

Nous ramassions une multitude de petits bois d'allumage et de grosses buches pour entretenir le feu. Nous répartissions la récolte dans les deux grands sacs accrochés aux hanches de Pédro. Pédro n'appréciait guère sa nouvelle tâche et nous le fit régulièrement payer en ralentissant son pas. Sacré bougre d'animal plus têtu qu'une mule !

Nos excursions se prolongèrent pendant deux années consécutives. Sournoisement, l'horloge du temps parle à mon oreille, quelque chose se passe en moi et m'anime. Je ressens comme un ennui, une vive hostilité qui me pousse. Je me sens mal, une cloche s'accroche à l'intérieur de mon crâne et sonne le glas de la routine. Mon agitation intérieure ressemble au tintamarre d'une fête foraine à laquelle j'assisterai perché en haut d'une colline. Mais ce bruit ne vient pas d'un orchestre, ce n'est pas de la musique. Ce bruit vient de moi, il n'y a aucune poésie, seulement l'intransigeance de mon ennui. Je comprends que je ne supporte plus mes escapades fraternelles. Depuis toujours, ma vie est un mouvement, je ne supporte plus l'exactitude du carillon qui m'accompagne. Tout est devenu trop bien huilé, trop horizontal.

Pour me sentir vivant il me faut de la horde, de la peur, de la terreur, et je ne sais pas jusqu'où cela peut me mener, je n'ai pas de curseurs pour identifier ma propre limite. Sans doute vais-je au-devant du pire, mais je n'accepte plus cette succession de journées innocentes, elles finissent par me paniquer, me réduire en quelque chose de pas « moi ».

Ce rituel formalisé depuis deux ans me terrifie, alors avant que la vallée ne gronde et que les nuages se percutent à nouveau, j'annonce moi-même la turbulence. Je m'arrache de ce wagon trop tranquille. Demain matin, je bifurquerai pour rejoindre les hautes collines.

Bucheronne accomplie, ma grande sœur flanquée de Pédro continuera seule le transport du bois. Le temps avance, j'ai treize ans.

– Papa ?

– Que se passe-t-il ?

– À propos de, enfin, bref... Dis-moi, les dates et les âges sont-ils fidèles à tous les évènements dont tu me parles ?

– Je ne rajoute aucune fantaisie imaginative à mon récit si c'est ce que tu veux savoir. Dans mon histoire, la confusion des dates à un ou deux ans de distance ne me semble pas embarrassante. C'est loin, mais, c'est ma véritable histoire, elle est encore archivée dans ma mémoire, la chronologie aussi est authentique, alors tu sais l'âge, à un an prés, qu'est-ce que ça peut faire ?

Que l'inquisition te crucifie à sept ans ou à dix ans ou même à quinze, les clous sont les mêmes et ils font mal.

Souviens-toi que, quel que soit le conflit, celui-ci mène une hargne farouche contre les enfants. C'est sûr, et inévitable. Les enfants sont intransportables. Il n'existe aucun lieu spécifique où les conflits politiques ou religieux ne se trament qu'entre adultes. Tout comme dans les familles, papa et maman se bastonnent, et qui se trouve au centre ? Les mômes ! Qui veut édulcorer les actes qu'ils assènent aux enfants ? Les adultes !

Alors bon, j'avais huit ans, dix ans, quelle importance, j'étais un enfant parmi tous les enfants jetés en pâture dans une guerre civile. Sans oublier qu'avant que la guerre civile n'éclate nous étions aussi des victimes.

Toutes les lois convergeaient en faveur de la monarchie, les notables, les riches propriétaires qui desséchaient la population jusqu'à son dernier jus.

– Papa, je veux poursuivre notre conversation. Je veux fouiller dans ta mémoire pour y trouver la mienne. Je veux me rappeler comme si je l'avais vécue d'aussi près que toi. Je veux y mettre de la lumière, autant de lumière qu'il te faut pour réduire ton chagrin, ta peine.

– Mais je n'ai plus rien de tout cela.

– Un autre regard ?

– Un autre regard je veux bien. Une histoire comme détachée de moi, comme si j'étais un spectateur. Sans aucun sentiment, observateur. Je suis, un simple observateur des évènements qui s'accrochent les uns aux autres irrémédiablement. Tu allumes la poudre ici et ça éclate là-bas.

– Alors, on y va... J'aime bien les nouveaux jours. J'aime bien, en regard d'un nouveau jour. L'idée que l'instant n'est pas encore là. Une délicate innocence d'où nous apparaissons, tout nouveau, sans déchirure. Immaculé. Propice à la bienveillance.

– Le temps s'étire encore... Je crois que j'ai douze ans lorsque je m'installe dans les collines. Je suis engagé pour garder les chèvres. L'homme qui me recrute est dépourvu de clémence. Sa bonté est élimée jusqu'à la couenne. Une croute épaisse le recouvre de sadisme. Sans doute pense-t-il que de sourire le tuerait. Je n'ai même jamais vu une esquisse de rictus sur sa bouche ou une grimace qui pourrait me dire que c'est un être humain. Sa peau est comme collée sur son visage. On dirait qu'il a subi une iridectomie exagérée et qu'il lui manque de la peau.

Ce lissage rigide n'augure aucune mansuétude ni à mon égard ni sans doute envers lui-même. Le pire c'est que sa bouche est un trait. Un trait plat sans aucune boursoufflure des lèvres. Un simple trait que sa mère a tiré d'un bord à l'autre de sa bouche. Si je n'en avais déjà tant vu, des vertes et des pas mures, j'aurais eu la peur de ma vie en le voyant. Il m'apparait comme fou. Je vais bientôt comprendre qui il est. Il collectionne tant de pensées destructrices qu'il ne peut se détacher de satisfaction perfide. Il est persuadé de la fourberie des autres, et condamne fermement, d'apercevoir la sienne.

J'ai côtoyé les chèvres durant de longs mois. Je dormais avec elles dans des grottes froides et humides. Ma pauvre couverture plus transparente qu'un voile de mariée était à bout de souffle. Certaines chèvres rebelles désobéissent à tout cran. Elles rêvent de liberté comme la chèvre de Monsieur Seguin. Ces garces qui au-delà de la tombée du jour m'obligent à poursuivre leurs ombres dans les bruits de la nuit. Peu à peu, nous nous adoptons. La nuit, je remarque qu'elles font cercle autour de moi et créent une chambre tempérée.

Le chien de la ferme reste avec moi. Il est censé m'aider à rassembler les chèvres afin qu'elles ne s'éloignent jamais. Je ne l'ai jamais vu courir après qui que ce soit. Ce chien sans nom mange puis dort. Un chien hirsute sans aucune ambition. Il est neurasthénique et plat. Probablement les séquelles d'une vie au grand air avec le rigolo de la ferme.

Une fois par semaine, le dimanche, je descends de mes collines pour m'approvisionner à la ferme. La grand-mère qui ferait peur à un hibou la nuit me donne le panier de victuailles. Il y a un plat chaud que je mangerai tiédi en remontant. Dans le panier se trouvent aussi du pain, des fruits, du jambon cru, du chorizo, du fromage et un gâteau.

Le contenu du panier doit me permettre de tenir toute la semaine, sinon il me faudra bâillonner ma faim. Tous les jours, je mange froid. Tous les jours, je rêve de plats chauds.

Le dernier dimanche du mois, pour une courte journée je rentre chez moi. Mon rêve de plat chaud se réalise. Je donne tout l'argent que je perçois à ma mère. Elle a aussi préparé des petits gâteaux secs, ceux que j'aime, au vin blanc et à l'anis. Ici, près de ma famille ma vie est vivante.

Mais bientôt, l'heure sonne mon départ. Mon frère et mes sœurs se lamentent. Nous avons besoin de nous retrouver, de nous tenir chaud les uns les autres. Je dois partir, mon cœur se serre dans ma poitrine, ma mère détourne son regard, elle me cache ses larmes. Je m'arrache difficilement à cette tendresse familiale dont je suis si souvent privé. Je m'abandonne à mon sort. Je remonte pour rejoindre les ruminantes.

Dans mes appartements souterrains, les commodités ont été oubliées. Mon cabinet d'aisances se trouve au pied des arbres. Mon lavabo c'est la rivière ma baignoire aussi. Je ne traine pas dans mon bain à seize degrés, et je n'astique pas tous les jours mon haricot.

Ici, les collines sont belles, elles sont épaisses, d'arbres feuillus, de senteur irréprochable. Après les collines, il y a des rochers qui forment des sillons escarpés. Des petits vallons au fond desquels les rochers sont posés comme des arêtes de scies.

Certaines chèvres encouragées par un vent d'autonomie s'aventurent derrière les collines. Ivre de liberté, il est arrivé qu'une d'entre elles dégrise en s'empalant sur les pieux pointus. Je manque d'expérience et d'autorité auprès des chèvres. Le chien sans nom, peinard ne s'affole guère, rien ne l'agite. Je m'occupe seul à rassembler les chèvres et elles n'ont de cesse de se déplacer d'un fourré à un autre, manger reste leur leitmotiv.

Ce matin, je ne cesse de les ramener dans un périmètre plus réduit, je suis fatigué. De violentes images balayent l'intérieur de ma tête, cette longue solitude hors du champ humain me terrasse, j'ai peur que ma raison ne batte en retraite. La brunette à la corne cassée à disparue. Cette délurée s'est extirpée du troupeau. L'image de la brunette écrabouillée me terrasse d'angoisse.

Mon « sympathique » patron me réduira en bouillie et m'éliminera de la surface de la Terre. J'ai déjà perdu une bête, j'ai joué mon joker, à la deuxième il me pulvérise.

On dirait que l'absence de la brunette persuade les autres chèvres d'agrandir leur territoire. C'est non sans mal que je ramène le troupeau dans l'enclos de sauvegarde. Je discerne des aboiements atténués, ils viennent en ricochets par ma droite. À ma droite, c'est la direction où se trouve le vallon des rochers-scies. Je ne bouge pas, j'attends, je suis pétrifié. Les aboiements se rapprochent et sortent des branches comme en rafale. Le chien sans nom a ramené la brunette à la corne cassée. Le chien sans nom tourne autour de moi en se frottant contre mes jambes, il me lèche la main, il se dirige au pied d'un arbre se couche et s'endort. Il ne demande rien. Je n'en saisis strictement rien. Le raisonnement de ce chien m'échappe complètement. Sa métamorphose héroïque subito rapido presto est aussi fulgurante qu'éphémère. J'en reste comme deux ronds de flan, pour ne pas dire sur le cul. J'échappe pour un temps à la vindicte de mon tôlier.

L'été avance à grands pas, septembre s'annoncera d'ici quelques jours. J'ai hâte de rentrer chez moi. Il n'y a pas eu de gros orages à la mi-août, quelques rincées délicates qui n'ont pas laissé d'écume sur le sol. L'eau du mois d'août gardée dans le ciel gicle toujours avant octobre. (Proverbe personnel !!) Effectivement, depuis quelques heures le ciel a disparu, le sommet des arbres aussi. La grande touffe verte des collines devient grise et opaque. Le ciel va nous tomber sur la tête. Le ciel a avalé toutes les mers et tous les océans. Il va recracher et vomir toutes les eaux du monde et de la planète ici même ou je me trouve. Je suis le centre, le petit rond noir d'une cible. L'arbalète des nuages va balayer mon sommeil et mon salut durant des jours et des nuits.

De peur de me rater, le ciel descend de plus en plus bas. Avant l'apocalypse, j'ai parqué les chèvres au fond de la grotte à l'abri du tintamarre. Elles sont serrées les unes contre les autres, juste assez d'espace pour respirer et manger. C'est maintenant que l'horloge du temps se décroche, il n'y a plus d'heure. Le jour et la nuit se mélangent. Le ciel éclate en furie, je sors du monde des vivants. Je suis seul. Inexorablement seul. Le ciel est impitoyable, et les cieux intraitables avec moi. Le marathon céleste s'affole. L'eau en trombe déchire le sol sec et fermé par les mois de sècheresse.

Assis sur une pierre à l'entrée de ma demeure fossilisée, j'observe de tout mon être. Des guirlandes lumineuses jaillissent du ciel. Je compte jusqu'à sept et les tambours ripostent. Le vent se réveille et joue avec les arbres. Des pierres, des buissons, des feuilles font la course en dévalant la colline. Je reste figé dans ma solitude qui accentue l'étendue du spectacle. Je suis happé dans ce tourbillon dominateur. Le chien sans nom est venu près de moi. Nous sommes trempés et frigorifiés. Nous restons là serrés l'un contre l'autre, l'existence nous a oubliées, mais nous sommes vivants comme jamais.

La tourmente et la nuit ont cédé. Mollement, le soleil reprend sa place. Seuls quelques nuages très blancs façonnent le ciel. À travers le ciel propre, je vois l'univers.

Fidèle à elles-mêmes, les chèvres dégustent sans relâche. D'innombrables petites jattes d'eau creusées dans la terre par la déferlante abreuvent leur soif. À cet instant, je suis immobilisé, le spectacle est un joyau dans son écrin. La beauté du moment m'apparait. La conscience que tout passe et rien ne s'arrête.

En début d'après-midi, caressé par le soleil et couché en chien de fusil, je m'assoupis. Les chèvres dans l'enclos de sauvegarde font la sieste. Le chien sans nom a décidé de me surprendre encore, il me renifle le visage, pose son museau sur mon nez et tombe terrassé par un profond sommeil.

Soudain, un grand coup dans le dos persécute tout mon corps. La douleur est si intense que mon souffle n'arrive plus à mes poumons, je suffoque. Les hurlements du patron m'arriment à ma vie, sinon je glisse. Me surprendre couché, le rend fou de colère. À aucun moment, il ne prend en considération les jours sans répit, sous les trombes d'eau. Aucune tolérance à mon égard. Quelque chose s'était déplacée dans mon dos. La fièvre me brulait. Un mélange de douleur et de haine féroce palpitait jusque dans ma tête. Je fus contraint de rentrer chez moi plus tôt que prévu. Tordu et mal-en-point, je suis redescendu seul et sans aide. Du repos, des cataplasmes d'argile et de plantes me rendirent mon dos intact. Je remontais à la ferme récupérer mon dû. C'est la veille qui me reçut. Heureusement. Je garde ma vengeance pour plus tard. Je n'ai pu dire au revoir ni aux chèvres ni au chien sans nom.

« CUANTO MAS VIEJO NOS HACEMOS, MAS GRUNONES NOS VOLVEMOS »
« PLUS NOUS VIEILLISSONS ET PLUS NOUS SOMMES RONCHONS »

– Ce matin, le printemps s'annonce. L'air est encore un peu frais, mais les fleurs ne se trompent pas. Elles creusent les prairies. Elles fendent la tête des bourgeons et s'imposent sur les branches des arbres fruitiers. C'est beau. C'est du beau dans ma vie. Je m'amuse à regarder les petites fentes sur les bourgeons d'où les pétales s'échappent allègrement. On dirait qu'il pousse des ailes aux bourgeons et qu'ils vont s'envoler des arbres.

Dans le village, une épidémie de rougeole a évacué les rues et les campagnes. Immunisée dans son enfance, ma mère seule a gardé un teint hâlé. Sinon, dans la famille nul n'a résisté à la contagion. Ma mère nous installa tous ensemble dans une même chambre avec des tissus rouges aux fenêtres.

– Du tissu rouge aux fenêtres ? Dans quel but, papa ?

– C'était une ancienne pratique, qui était censée accélérer le processus d'évacuation des toxines et donc de faciliter la guérison. Une semaine de soins et de repos nous remit sur pied.

Mon existence tourne autour du travail. Mon projet majeur c'est de trouver de l'argent pour ne pas succomber à la misère. Je n'ai pas le sentiment de renoncer à quelque chose, même pas à mon enfance. J'ai plutôt l'impression d'être déshabité de moi, comme censuré. À douze ans passés, je suis un pauvre bougre, je suis le ronchon de ma vie.

Désormais, tous les matins à huit heures je rejoins sur la place du village la cohorte d'ouvriers toutes catégories confondues. Peu après arrivent les riches propriétaires terriens et des notables. Du haut de leur aplomb domine une infatigable détermination. Ils choisissent les hommes qui vont travailler pour eux toute la journée. Comme on choisit du bétail, ils nous choisissent en nous regardant, en nous observant, pour juger de notre force et notre santé. Ils palpent les bras et regardent la tenue du dos.

Pour nous appeler, on ne nous nomme pas. Notre identité se résume à un pronom personnel *« TOI ! »*. *« Toi, viens ! » « Toi, ici ! » « Toi, là ! » « Toi ! » « Toi ! »* Toi, toi, toi, toi ! Souvent, ce fut moi. J'étais solide pour travailler comme un homme et assez jeune pour me taire encore.

L'embauche n'excède pas trois jours. Mais pendant la période de l'été, le recrutement peut se prolonger sur plusieurs semaines. Il nous faut bêcher, désherber, préparer les sols pour la semence, éviter la concurrence de la mauvaise herbe. Puis viendra le temps des vendanges. Il nous faudra cueillir les grappes de raisins, les ranger dans les sacs. Vider les sacs de leurs contenus. Cueillir encore, vider les sacs, cueillir, vider, cueillir, vider...

Nous sommes payés trois pésétas par jours en plus de la nourriture. Le matin, nous mangeons des migas, c'est de la semoule cuite dans de l'eau, puis assaisonnée avec de l'ail et de l'huile d'olive. À midi, nous avons un encas, composé la plupart du temps de pain et de chorizo ou du jambon cru ou du fromage. Quinze minutes pour engloutir. Vers quinze heures trente, on nous donne du potage de pois chiches avec du lard, le « puchéro ». Le soir juste avant la tombée de la nuit on nous donne du lard et des pois chiches. Bien entendu, il n'y aura aucune variété dans la composition des menus.

– Ce serait trop beau !

– Inimaginable !

Avant de nous endormir sur la paille, dans les étables, nous fabriquons des cordes pour les besoins de la ferme. Autant dire qu'en fin de journée, nous étions exténués et qu'il ne restait guère de place pour penser. Penser à qui ? À quoi ? À quoi bon ?

Puis nous nous endormions dans l'étable qui nous servait de couverture. Le temps avance toujours, mais il n'avance pas sur un avenir. Il nous piétine. Je ne sais pas si le temps joue en notre faveur, c'est un temps immuable. Le temps des précaires est un temps indéfinissable, il est à contrecourant parce qu'il n'offre jamais d'autres perspectives. Tu es là ? M'écoutes-tu ?

– Oui, je t'écoute. Je me suis arrêtée sur la notion du temps.

Sur celui que nous partageons dans l'écriture d'un morceau de ta vie. Ton histoire est si peu banale...

– Détrompe-toi, elle est plus banale que tu ne le penses. Je n'étais pas le seul enfant dans la tourmente. La guerre, qu'elle soit civile ou menée par plusieurs pays anéantit principalement les plus faibles et notamment les enfants.

– Tu as raison papa, je me suis un peu focalisée sur toi, j'en ai oublié tous les autres et aussi ton frère et tes sœurs.

– C'est classique, puisque notre conversation se limite pratiquement à ce que j'ai vécu moi-même. Comment ai-je vécu à l'intérieur de moi mon enfance, ma jeunesse ? Comment les évènements m'ont marqué, et qu'est-il resté de moi ?

– Justement, qu'est-il restait de toi ?

– Les évènements m'ont forgé, ils m'ont modelé, ils m'ont rendu fou. Quelquefois, je suis fou. Fou de rage, fou de douleur, dépossédé de moi, sous l'emprise d'une dictature émotionnelle qui me corrompt et qui agit à ma place.

Je me répugne à devenir un monstre comme tous ces assassins, comme tous ces pervers qui ont piétiné et réduit à néant mon enfance. Il me faudra toujours lutter pour ne pas sombrer.

– J'ai l'impression que mon cœur désobéit à ta révolte. Je suis déstabilisée, j'ai peur de devenir indifférente à ton récit.

– Tu veux dire que tu ne ressens ni colère, ni rancœur, ni compassion ?

– Non, c'est autre chose.

– Une compréhension nouvelle ?

– Je crois que c'est ça, oui, une nouvelle compréhension.

– Et cela te fait du bien ?

– Oui, cela me fait du bien. J'ai le sentiment d'être rassasiée de ma colère, de ta colère, de tes chagrins, de tes peines, de tes peurs. L'énormité de ton vécu pendant ton enfance m'apparait presque comme une extravagance. Irréel.

– C'est ce que disent certains responsables, après-coup pour minimiser, « *C'est irréel, c'est inventé* ».

– Non-papa, il ne s'agit pas de remettre en doute tes propos. Jamais de la vie. Je ne suis pas dupe. C'est ton vécu, je le sais, tu m'en as parlé toute ma vie. Et, je m'en souviens, je voulais toujours t'entendre me raconter de peur d'oublier les détails. Tes cauchemars et tes cris la nuit lorsque j'étais enfant ne t'assignent pas en défaut.

– Alors ? Je crois comprendre. Tu transformes. Tu écoutes avec tes oreilles, et tu distilles avec « la région du cœur ». Tu alchimises, tu fais de l'or avec du plomb.

– Je fais comme toi papa. Ta lutte vers le vivant t'a donné le gout de la vie.

– Un jour dans ma résistance je me suis proclamé, « Homme ». Je suis un homme. Je suis un être humain. Pas une machine à obéir bêtement.

– C'est de cette dignité dont je suis issue, elle me rapporte la dignité de tes parents, de ma famille paternelle, ainsi je peux m'inscrire dans une lignée et continuer à transmettre.

– Ton cœur voyage dans mon cœur. Mais il n'a pas la volonté de t'influencer. Seulement que tu me permettes de me souvenir encore, sans condamner personne. Un seul souffle et je suis libre, l'espace de l'amour est illimité celui de la vie aussi.

« NO DEJE PARA MANANA LO QUE PUEDA HACER HOY »
« NE LAISSE PAS À DEMAIN CE QUE TU PEUX FAIRE AUJOURD'HUI »

– Au cœur de l'année 1938, ma mère fut hospitalisée. Elle fut admise à l'hôpital « San Juan de Dios » (ST Jean de Dieu), à Grenade. J'ai beau fouiller dans ma mémoire, la tourner dans tous les sens rien n'en sort. Je n'ai gardé aucun souvenir des raisons de l'hospitalisation de ma mère. Comment est-elle arrivée à l'hôpital ? Mystère. Comment se fait-il que je ne me souvienne de rien ? Mystère. Rien de rien. Silence radio dans ma mémoire. Je suis persuadé que ce n'est pas un souvenir fallacieux, de mon point de vue, c'est impossible. Ou, alors, je suis un imposteur. Je suis un menteur, le mythomane de moi-même. Ça ? Oui pourquoi pas ?

Mais, j'ai dans ma réserve une autre disponibilité, un beau symptôme que l'on trouve chez les persécutés. Un authentique délire psychique. Auparavant, j'étais souvent fou, maintenant je suis « barge-complet ». Le verdict c'est que l'énigme reste entière.

– Ne crois-tu pas que ton psychisme a eu une idée de génie ?

– Que veux-tu dire par une idée de génie ?

– Simplement qu'il a évité que des substances toxiques s'imprègnent dans ton mental. Ainsi ton psychisme en écartant la mémorisation de nouveaux évènements douloureux t'a permis de garder intacts ta faculté de penser et ton raisonnement.

– Ton analyse me convient, et même elle me séduit.

– L'épisode concernant ta mère hospitalisée, tu peux sans doute me le raconter avec une certaine distance affective. Un morceau de ta vie dépouillée, inédit, presque ignorant.

– Tu dis vrai. Cette capture des évènements difficiles me permet de sortir momentanément de l'espace-temps calamiteux.

– La vie est quelquefois charitable.

– Si je comprends bien la situation, pour moi cette fois-là fut plus que généreuse. Elle m'évita de sombrer dans l'indéniable peur d'être orphelin tout entier. Nous n'avons pas de nouvelles de ma mère. Son absence la rend de jour en jour plus présente dans nos esprits. Les refrains du passé ressurgissent avec élan. Avec ma grande sœur, nous veillons à l'organisation de la maison. Travail, repas, rassurer les petits sitôt que notre propre inquiétude bat de l'aile. Ma peur n'est jamais à l'agonie, elle se cache, mais elle triomphe toujours. À treize ans, je suis un vétéran de la « peur ».

Une nuit, je n'y tiens plus. Je rage contre moi. Pour mon salut, je ne peux me permettre de me confronter encore une fois au sentiment de non-assistance à mère « éloignée ». Directement en lien avec la pensée de ma mère, je suis persécuté jusque dans mon estomac qui joue les pierres tombales. Je ne peux détourner un seul instant ma pensée d'elle, de son regard, de sa douceur. J'ai beau me chamailler avec moi-même à aucun moment son visage me contourne. Je vais partir la rejoindre. Demain, en fin d'après-midi je partirais jusqu'à Grenade. Encore seul, seul, livré aux quatre vents. Il me faudra marcher toute la nuit pour inaugurer Grenade. Un authentique pèlerinage de quarante-cinq kilomètres.

Je donne les recommandations à mon frère et à mes sœurs. Chacun à notre tour investissons des responsabilités d'adulte. Les consignes sont orales, on les connait par cœur. Ne jamais laisser seule notre petite sœur, elle pourrait paniquer, tracer son chemin et se mettre en danger. On a entendu dire plus d'une fois que des enfants en bas âge avaient disparu. Certains ont rajouté que des familles riches sans enfants, se les appropriaient. Quand j'étais petit, une histoire avait fait plusieurs fois le tour du village. Quand elle repartait dans l'autre sens, elle était chargée de l'obstination de chacun. « *Ils ont vendu leur enfant. Ils l'ont donné afin qu'il échappe à la misère. Ils ont offert leur enfant pour qu'il aspire à une vie meilleure. Une vie douce. Une vie généreuse. Ils ont donné leur enfant pour de l'argent. Ils ont donné leur seul enfant resté vivant puis les parents se sont tués* ». Je dois dire que lorsque ma petite sœur arpente ses cordes vocales avec des cris et des pleurs, j'en ferais volontiers cadeau, même pour des prunes. Je regarde ma grande sœur, son regard m'interroge. Je lui réponds que, quoiqu'il advienne je rentrerais chez nous. Je rajoute, « avec ou sans maman ». J'avale mes sanglots, et j'entends ceux de ma sœur. Aucune parole ne vient se rajouter. Pas la peine de paroles pour que ma sœur et moi comprenions le sens de « avec ou sans maman ». Elle me serre contre elle, son étreinte est si intense, si pleine d'amour, si parfaite, je sens qu'elle ne m'est pas tout à fait destinée. Cette étreinte à un autre destin, c'est l'offrande d'une prière passée par le corps avec une telle ferveur, une telle générosité que même la mort ne pourrait la défier. Confuse, la pire des maladies tomberait en disgrâce. C'est ici, la seule extravagance de ma sœur, penser que lorsque je me pencherais sur le corps de notre mère, je reflèterais tout l'amour dont elle m'a fait mission, et je la ramènerais chez nous. Je serre fort mon petit frère et je lui dis, « *maintenant t'es un homme* ». Pendant mon absence du haut de ses onze ans c'est lui les gros bras. J'embrasse mes deux petites sœurs en leur pinçant le nez pour faire semblant de m'en emparer, elles rient, mais elles rient un peu jaune. Ma grande sœur continuera son travail de bucheronne avec l'âne et l'après-midi a la ferme voisine, pendant que mon frère travaillera à la ferme et surveillera les chèvres dans les collines. La petite sœur gardera la plus petite sœur. Ce sont des périodes où personne ne mange les consignes et même notre petite « Castafiore » se tient à carreau, comme quoi la crainte et la peur nous mènent par le bout du nez.

La fin de l'après-midi s'annonce. Exclu du voyage et résigné, je ferme la porte sur le regard de mon frère et de mes sœurs. La porte est fermée. Je suis seul. Je suis dehors. Je suis seul, mais comment se fait-il qu'une telle sensation de bienêtre me conditionne tout entier ?

– C'est peut-être le costume qui te va le mieux.

– Que veux-tu me dire par « costume » ?

– Très tôt dans ta vie il t'a fallu courir plus vite que les évènements pour ne pas en découdre. Tu as développé une habileté à réagir et à rebondir pour rester vivant. Un tableau trop longtemps monocorde te réduit à néant, il te faut en sortir de temps en temps, comme un chasseur. L'évènement c'est ton gibier, tu fonces. Ton expérience devient ton fusil, elle t'affute, elle te permet de rester aux aguets longtemps, patiemment pour ressentir au plus près, d'abord physiquement, puis presque à te déchirer à la limite de l'agonie. Puis le corps lâchement t'abandonne à ton sort. Les coups et blessures émergent de tes entrailles, les bleus ne sont pas sur ta peau, ils sont enfouis dedans. Ça monte, ça monte du fond de ton enfermement. Ça monte et ça gicle comme du sang chaud. C'est dans ces instants périlleux que tu occupes vraiment ta vie à la perfection. Les enchainements de situations te prescrivent toute la production nécessaire pour faire de toi régulièrement l'Atlante de ta famille.

– Sacrée tirade !! Mais je sais que tu as raison. J'ai besoin de la peur, avec elle à mes côtés je pousse mon rendement à son comble. Je me dépasse, je me proclame...

– Tu te proclames quoi ?

– Que je suis respectable ! Que je ne suis pas une merde ! Cette confrontation régulière avec les tourmentes me rend exceptionnel et j'ai besoin de cet état intérieur pour ne pas sombrer dans l'anonymat d'une tragédie banalisé.

– Tu développes des compétences dans l'art d'éviter les boomerangs.

– Exactement, et quelquefois, je les envoie moi-même.

– Ce qui n'est pas une petite jouissance.

– Bien entendu.

– Il te faut viser juste.

– Pas forcément, il faut oser et y croire.

– Aussi courir vite, non ?

– Pour ça oui, il te faut de bonnes enjambées, sinon t'es mort ! Alors, je continue mon chemin.

Funambule de ma vie, je pars sans filet, comme d'habitude. Les jours se parent de rallonges. Avant que la nuit ne me tombe dessus, j'aurai marché trois ou quatre heures. Après je verrai. J'ai mis les chaussures de mon père, elles sont vieilles, mais encore en bon état. Les semelles épaisses et la tige un peu haute me protègeront mieux que mes godillots élimés. J'ai emporté dans une besace un gros morceau de pain, du fromage, du chorizo, une gourde d'eau toute cabossée. Le vieux pull en laine de mon père fera mon lit. Il me gratte un peu, mais il me descend bien sûr les fesses pour me tenir chaud si je m'endors quelque part dans la nuit.

Je me sens fort comme un homme. Je marche déjà depuis un bon moment. Ma montre c'est le soleil, mon horloge c'est mon estomac, mon réveil c'est le chant du coq, mon tout n'est pas une errance, mon tout continue à se réaliser. Mon tout me fait la révérence et je suis majestueux.

La nuit commence à descendre, elle chapeaute les arbres, elle les dissimule le temps que mes yeux s'accommodent. Le jour accablé disparait totalement, puis la lune forge une brèche dans la nuit. La nuit ainsi ajourée me restitue les arbres, mon chemin, je distingue aussi les nuages qui vont bon train se jeter à la mer, peut-être. Je me sens tellement léger, que j'ai oublié de manger. Mon horloge somnole, mais moi j'ai envie de manger, alors, je m'arrête. Avant de m'assoir, je regarde autour de moi. Pour le moment, la nuit dort, le seul ricochet est un petit bruit d'eau qui chante. Le chahut de mes pas en avait détourné la ritournelle. Un bras de la lune me désigne le ruisseau, un arbre est planté à côté, je m'accroupis, je plonge mes mains dans la fraicheur de l'eau et je m'arrose le visage. C'est l'extase. C'est mon extase et je me sens vrai. Je m'assois au bord de l'eau, je mange un peu, mais très lentement, je ne veux pas faire de bruit, je n'ai pas peur, la nuit me connait, elle sait que je suis un ami. Je veux respirer la nuit alanguie et offerte, c'est là qu'elle est la plus belle, la plus généreuse. Je ferme mes yeux, je descends la cadence de mon cœur. C'est lorsque je mollis et que mon mental fait le canard que la nuit se dévoile et m'apparait entièrement nue. Alors, pour ne pas l'effrayer j'ouvre doucement les yeux, le bal peut commencer. Son éloquence dévoile la chouette immobile qui attend patiemment de se caler les joues. Le mulot convoite l'araignée, le renard se prépare à l'assaut, les étoiles s'étirent et s'allongent sur le ciel. Tout un monde de mouvement et de vie réapparait comme une convulsion les uns après les autres, les uns avec les autres, les uns dans les autres. Puis une éternité plus tard je me redresse, je m'étire comme si je me réveillais, il est temps. Il est temps de reprendre mon parcours. Dans la colline, les chemins se disputent et me réclame l'exclusivité, mais moi je connais à la perfection ma colline, je sais où marcher jusqu'à la grande route, celle qui me rapprochera le plus rapidement de Grenade. Ici dans mes collines je peux m'orienter les yeux fermés même si la nuit m'aspire j'en connais tous les frémissements, alors je m'en sors bien. Je fais partie sans restriction de mes collines tant, qu'il m'arrive de penser que je suis un animal plus qu'un humain. Je marche. À chacun de mes pas, je m'enfonce davantage et la colline devient presque forêt.

Les cathédrales d'arbres serrés et les buissons hirsutes valorisent la noirceur de la nuit. Maintenant pour avancer je dois toucher les arbres.

Je marche, la nuit va me transpercer et me dissoudre, je vais devenir la nuit ou alors je vais percuter son centre. Je n'ai pas atteint le centre de la Terre, mais celui de la nuit et je marche à son rythme. Je marche le cœur vaillant jusqu'au petit jour, la nuit se dévouera en formant un bouclier obscur autour de moi.

Ma mère a disparu. Elle a disparu de la surface de mes pensées. Elle aussi s’est fondue dans la nuit. Le jour s'annonce timidement, la nuit va remballer ses attraits.

J'arrive sur la grande route. C'est une route de terre battue, écrasée par des charrettes dont les roues creusent des entailles arides. L'allure à laquelle roulent les charrettes soulève la poussière plus ou moins haut, mais assez pour me faire éternuer. Une voiture est passée à vive allure, je crois qu'il me faudrait un plumeau pour me dépoussiérer.

Le jour se lève de je ne sais où. Puis, les rayons de soleil attaquent, et, comme avec une ligne de canne à pêche avec un appât au bout, ils hissent et soulèvent le paysage du sol. La montagne d'en face m'apparait, le soleil l'embrase de son chalumeau. Les yeux du monde s'ouvrent sur la montagne incendiée. L'étreinte rouge et orange du soleil s'étale et inonde au loin Grenade. Mille guirlandes de feu l'embrassent et la caressent. Mes yeux éblouis succombent à cette beauté et à Sa Majesté. Du coup, l'éclat du jour complice, fait réapparaitre ma mère. Ma prière, mon homélie d'amour renaissent et chuchotent à mon âme. Je marche encore longtemps. Le temps se raccourcit. Je mange, je bois, tout en marchant. L'idée que bientôt... Je n'ose pas prononcer ce mot. Ce nom, car c'est son nom, elle n'en a pas d'autres, et j'ai envie de le crier fort, si fort que même Dieu se boucherait les oreilles. Maman ! Maman !! Maman !!! Crier encore et encore pour ne jamais enlever sa trace, jamais ; même après sa mort, regarder le ciel et y voir son nom, Maman.

J'entre dans la ville petit à petit presque sur la pointe des pieds. Je ne suis jamais allé aussi loin de ma vie. Je connais ma faiblesse et ma force aussi, mon jeune âge. Mais celui-ci ne sera plus mon allier très longtemps. Les odeurs sont différentes, des parfums s'entrelacent et je n'en ai pas l'expérience. Moi, qui pouvais discerner et nommer bon nombre d'herbes aromatiques, il me semble que mon odorat a perdu toute sa vanité. Un soubresaut d'éternuement me rappelle que mes narines sont de véritables silos à poussière. Je m'avance vers une fontaine d'eau, toute simple, sans artifice. D'abord, j'abreuve ma soif, puis je m'assois sur le rebord de la fontaine, la chute d'eau m'éclabousse un peu le dos, c'est frais. Je regarde autour de moi, c'est insolite, il y a une longue allée d'arbres, comme une invitation à s'introduire plus avant, et j'ai bien envie d'y aller. J'observe, j'attends un peu, pour donner corps à ces éléments que je découvre et je ne veux pas y aller trop vite. Je connais trop bien la maladresse de l'impatient qui, fébrile, obéit à tous ses désirs sans en mesurer les conséquences. Du coup, docile sans être mou, j'apprécie de plus près la réalité dans laquelle je me trouve et je souffle un peu. Comme il n'est pas nécessaire que ma mère me voie recruté par la fatigue, je prends le temps de faire un brin de toilette. Tour à tour, je pince une narine et je renifle avec force de l'eau avec l'autre narine. La poussière restée collée à l'intérieur de mes narines se ramollit et je l'expulse vivement. Libéré, mon nez fait à nouveau le fier. Je m'asperge généreusement le visage, je frotte mes oreilles et mon coup, pour le reste ça ira. Je me sèche d'un revers de manche.

Sans agitation, mais déterminé à retrouver sans tarder ma mère, je me remets en route. J'enfile surement les derniers pas avant de voir l'hôpital, enfin c'est ce que je crois. La grande rue offre des bars, des alimentations, des officines de produits que je ne connais pas. Tiens, une plaque dorée, vissée contre un mur près d'une belle porte d'entrée. Je m'approche. Derrière la torsade de fer forgé encastré dans la porte s'ouvre une fenêtre qui accompagne mon regard vers un sanctuaire de fleurs en cascades de plantes vertes lustrées. Un parfum doux et enivrant s'étire jusqu'à moi et me provoque en duel. Une colonne de jasmin grimpe pour honorer l'étage supérieur de la demeure. C'est la reproduction parfaite du paradis sur terre. Moi, dont l'idée d'un dieu se conjugue au participe passé, j'ai envie de me signer. Un temps, cet enchantement me baptise et me ressuscite. Soudain, le tintamarre de ma tête me gifle et m'oppose une contrevérité, c'est la peur qui sillonne autour de moi et qui me rappelle à ses ordres. J'obéis. Car la peur a aussi un bel attrait, elle aiguise mon gout de la liberté, et me hisse plus haut que moi. Je suis là. Je suis à Grenade. Je viens tout seul du bout du monde retrouver ma mère. Effronté, j'arpente. Je suis fier de bousculer les évènements qui insistent sans vergogne pour me séparer de ma mère. Je suis déterminé jusqu'à mon courage ou ma folie. Invincible gladiateur, je dissimule mes peurs et mes angoisses au fond de mes entrailles. Là, exactement où le réveil sonnera plus tard, dans quelques années, je paierai l'addition de mon impertinence. Je paierai l'impudeur de résister contre vents et marée à la contrainte de l'injustice. Mon corps absorbe comme une éponge mes bagarres contre cette dictature et à chaque épreuve l'ardoise de ma dette s'alourdit.

Je m'approche du centre de la ville, la rue est large, soutenue sur son profil par des arbres étoffés et dont le sommet recule vers le ciel. Le soleil joue à saute-mouton par-dessus les cimes. Au fur et à mesure que je foule cette haie d'honneur, je monte puis je redescends les marches foncées puis claires que le soleil dessine sur le sol. Monte, descend, monte, descend, soleil, ombre, soleil, ombre, je joue comme un enfant que je suis.

À proximité des bars, les effluves de café s'échappent et sans modestie embaument les terrasses. Je n'ai jamais bu de café, mais comme j'ai quelques sous dans ma poche je m'assois à une table. Je me fais presque invisible, je n'ai jamais rien commandé dans un bistrot. Je joue à être un homme qui sait ce qu'il veut. Une jeune fille s'approche de moi, me regarde, « *toi, tu n'es pas d'ici, d'où viens-tu* ». Je dois rester évasif, mais si elle me donne la direction de l'hôpital je gagnerais du temps. Je lui réponds que je cherche l'hôpital et que j'ai un ami là-bas. Elle repart sans que je lui commande mon café ni qu'elle ne me réponde au sujet de ma destination. Juste avant que je ne me lève pour repartir, la voilà revenue. Elle dépose un grand café arrosé de lait sur la table et me glisse sur mes cuisses cachées sous la table, un papier plié assez gros et un peu gras, « *met vite ça dans ton sac petit, pour l'hôpital tu files droit, et à la sortie de la grand-rue à gauche la bâtisse te sautera aux yeux* ». Elle me regarde à nouveau, comme si elle en savait beaucoup sur moi, et jette sur la terrasse un « *merci jeune homme c'est le compte* ! » Je bois mon café au lait fumant, elle avait oublié le sucre alors je l'ai bu sans. C'était le meilleur café au lait du monde. Après, je me suis senti très seul, je ne sais pas pourquoi.

– Il me semble que l'initiative simplement généreuse de cette jeune fille a fait disparaitre la disgrâce réductrice dans laquelle la société t'inscrit systématiquement. Son insubordination camouflée te confirme qu'il est possible d'atténuer l'infortune et le malheur. Ton cœur en embuscade s'est desserré à l'orée de cette douce ovation. C'était si soudain, si impromptu, qu'une fois le rideau tiré tu as un gout d'inachevé, d'où ce sentiment de solitude. Qu'en penses-tu ?

– Oui, quand la prison de mon cœur bas de l'aile, je ne suis plus sur mes gardes. Un geste d'attention vers moi efface ma rigueur, je suis en apnée comme un poisson hors de l'eau.

– Tu es si souvent confronté à de l'indifférence, que cette attention bienveillante te déstabilise.

– Je n'ai pas l'habitude que l'on m'accorde des dispositions favorables, c'est presque trop de familiarité.

– Mais le souvenir que tu en as, lorsque tu vivais encore avec ta famille au complet, ce souvenir-là existe en toi, c'est une de tes vérités vécues, assimilées. Tu en as la mémoire, tu sais que ce sont là tes vraies valeurs humaines.

– Je le sais, mais de le savoir ne me sert à rien. Lorsque ce savoir revient à la surface il est juste bon pour réveiller ma douleur, et après quoi ? Après, je suis en lutte contre moi, et çà il ne faut pas, car je suis ma propre sentinelle contre l'oppresseur, ma vigie c'est ma promptitude à réagir. Le seul garde-fou de ma vie c'est moi, seulement moi. Alors le reste, bof... C'est un peu trop raffiné pour moi.

– As-tu regardé ce que contenait le papier plié ?

– C'était des petits gâteaux qu'on appelle mantécados. Ils sont souvent confectionnés en période de Noël. À peine les touches-tu qu'ils se défont, alors, pour les déguster, tu en places un dans la pomme de ta main, et avec les doigts de l'autre main tu en attrapes un peu et tu manges. Ils sont faits de farine et de saindoux, aujourd'hui tu en trouves à tous les parfums. Tu m'as l'air fatiguée ? Ou un peu agacée ?

– Les deux, papa.

– Que se passe-t-il ?

– Je n'imaginai pas que ce soit une telle incursion dans ma vie. Je me lève, je pense à toi, je travaille, je pense à toi, je me couche, je pense à toi, l'élaboration de ton vécu me persécute. Cette entreprise me pousse à bout, et je n'ai pas l'habitude. Au fur et à mesure que je te connais mieux, je ne me reconnais plus. Mon horizon s'ouvre sur un angle de vue inédit et m'espionne.

– La ténacité qui t'accompagne perce à jour tes capacités d'engagement. Écrire et révéler ce n'est pas ton métier, pour toi ce n'est pas une petite affaire. Ta persévérance te désensevelit et te montre à nu. Bientôt, tu pourras parler à la première personne du singulier.

– Oui, mais en attendant, je trinque...

– C'est une question de loyauté envers toi, tu ne peux reculer...

– As- tu mangé les mantécados ?

– Un seul, les autres je les ai gardés pour ma mère. Je reprends mon excursion sur l'allée principale comme me l'a indiqué la jeune fille. Aucun nuage ne fait entrave au soleil qui n'hésite pas à s'élancer à l'assaut du ciel. Sans distinction il éclabousse généreusement, et certains déjà, cherchent à lui échapper.

Les gens discutent, un peu fort, leur voix s'échappe, mais c'est un dialogue banal. C'est un échange de mots presque pour ne rien dire. C'est pour faire semblant que la vie ici est ordinaire et sans contraintes, mais ce n'est pas vrai, c'est archi faux. Un mal ronge mon pays, et ce mal ne vient pas de l'extérieur. Je ne suis pourtant pas le seul à savoir que nous sommes en guerre de nous-mêmes. Un mal intérieur caché au fond de tous ces hommes-là, un mal derrière tous ces menteurs qui font semblant que tout va pour le mieux.

Plus tard, je vais comprendre qu'un attroupement de plus de trois personnes est interdit. Les autorités soupçonnent à tirelarigot, ils voient des maquisards et des terroristes partout, ils se disent qu'à coup sûr, une insurrection est en marche quelque part. Leur décontraction n'est autre que la meilleure cachette pour avoir la paix et passer inaperçu, les messes basses se font isoler des regards. À qui puis-je faire confiance sans me mettre en danger ? Ici, je ne ressemble à personne, la jeune fille du café a vite vu que j'étais d'ailleurs. Mes grandes enjambées me sortent de la rue principale et une route plus étroite se greffe dans la foulée. Je m'empresse d'arriver à l'hôpital, mais pour l'instant rien à l'horizon. Un mur de pierres assez haut zigzague sur la route, après le long virage, s'impose enfin l'hôpital Saint Jean de Dieu.

L'édifice est encerclé d'un muret pas très haut et piqué de hautes grilles en fer forgé un peu rouillé. Presque, côte à côte un palmier et un amandier forment un duo. Une ouverture sans portail s'élargit jusqu'à la porte d'entrée. D'abord, la bâtisse du milieu s'impose, de grandes fenêtres l'habitent, elle est montée d'un étage, une lucarne l'escalade et se termine par une sculpture dont je ne distingue que les contours, vu d'ici on dirait un animal. Puis, des deux côtés de ses flancs s'arrache le reste de l'édifice en rez-de-jardin. Je m'avance, je me glisse à l'intérieur, je découvre un patio orné de plantes et de bancs où les patients et leurs familles se retrouvent pour passer un moment ensemble. Je continue ma progression jusqu'à la réception. J'attends que la personne qui se trouve au comptoir devant moi se retire. Je m'approche et demande si ma mère se trouve dans cet hôpital. La dame me regarde avec un petit sourire et me répond, « *je veux bien te dire si ta maman se trouve ici, à une condition* ». Je suis interloqué, je lui réponds oui, alors j'attends la condition, elle me répond gentiment, « *et bien mon grand, dis-moi son nom...* ». Je me sens un peu idiot. À l'énoncé de mon nom de famille, elle répond, « c'est Josépha ? », je lui réponds oui, Josépha c'est ma mère. Elle m'indique avec l'index de sa main droite la direction à suivre puis, elle rajoute, « *au fond il y a un jardin fleuri, je suis sure qu'elle t'attend* ». Qu'elle m'attend ? Je passe un long couloir avec de nombreuses portes fermées, le toit s'appuie sur des colonnes rangées les unes après les autres, un jardin somnole derrière les colonnes. Je m'arrête à l'entrée du jardin fleuri, je cherche ma mère du regard, j'ai un pincement au cœur. Je ne la vois pas, mais je l'entends m'appeler, « *Niño* », je me retourne et je la voie assise près de la seule gerbe de fleurs, un jasmin géant, odorant, qui avale tout un pan de mur. Elle me dit qu'elle était sure que j'allais montrer mon nez un de ces jours. Sans conteste, elle m'attendait. Je m'assois à sa droite, je pose ma tête sur son épaule, comme pour en deviner les contours. Sa main gauche me caresse le visage, je suis aux anges. Elle me dit que cet hôpital a été inauguré en 1905. Je lui demande ce qui la fait souffrir et le nombre de jours qu'elle restera hospitalisée ? Elle me répond qu'une grande fatigue et des douleurs au ventre l'ont terrassée, puis, plus rien, elle s'est réveillée ici. Finalement le mystère de son transport continu, même s'il est abrégé. Nous parlons un long moment, je la rassure au sujet de mes sœurs et de mon frère. Trois nonnes nous surprennent, et s'approchent de nous, elles disent à ma mère que je suis très mignon, je ne suis pas rassuré par leurs compliments ni leurs grandes coiffes blanches qui cachent en partie leurs visages. Je me tourne vers ma mère et je dépose les mantécados sur ses cuisses, je la serre fort, la couvre de baisers, elle rit de bon cœur puis je me débine en trombe, en criant «*je rentre à la maison* ».

Peu de temps après, ma mère rentra chez nous, elle fut raccompagnée par un voisin qui possédait une charrette.

Je repris le travail des champs, je gardais des chèvres et des vaches, je n'arrêtais pas, je devenais solide, je me faisais homme. Ma mère avait rallumé le four à pain de mon père et fabriquait des tortas qu'elle vendait à domicile ou sur les petits marchés. Mes deux petites sœurs restaient avec elle, pendant que mon frère, ma grande sœur et moi travaillions à l'extérieur. Nous avions repris un rythme tranquille, un peu trop conventionnel à mon gout. Imprévisible, la vie m'avait démantelé, alors, pour moi cette cadence sonnait faux. L'imposture n'est guère convaincante à jouer les faux culs, ça tourne vite au vinaigre et je m'emballe à la moindre occasion. Le temps s'endort sur de longs mois résignés, cette rengaine cherche à m'incliner. L'imprévu incontrôlable se présente enfin à moi. En fin d'année 39, ou peut-être pas, j'ai un doute.

– Un doute qui a son importance ?

– Non, c'est la fin de l'année 39 ou début 40... Je crois bien, si mes souvenirs sont justes, j'avais quatorze ou quinze ans.

– Tu as 13 ans ou 14 ou même 15 ans, ça ne change pas grand-chose. Que s'est-il passé ?

– En passant dans une rue, j'aperçus, assis chez le barbier, le présumé responsable de la mort de mon père...

– Et de tous les autres ?

– Non, pas forcément. Ce n'est pas lui qui avait exécuté mon père, mais c'est lui qui avait établi le réquisitoire, il était jaloux de mon père qui petit à petit se faisait un nom de qualité avec ses fournées dorées. Certains sont morts parce que leur tête ne revenait pas aux dirigeants. Certains autres, délibérément opposants au régime dictatorial s'exposaient ouvertement à des rétorsions. Un jeune de dix-sept ans avait péri parce que ses mains étaient trop lisses et pas abimées, aucun signe de labeur n'écornait sa chair, ils le tuèrent en le traitant de fainéant. Le discours accusateur d'un puissant te condamne, mais ses mains n'ont pas de traces de sang, il est inattaquable. Il achète l'épurateur qui te refroidira sans gêne, dans la plus grande indifférence.

– Dans quel intérêt ?

– L'argent, l'idée que leur collaboration met leur famille à l'abri, la peur, le manque de courage, ces criminels ont autant de raisons que d'alibis.

– Chaque résigné consent à sa façon.

– Oui.

– Une façon aussi de tirer son épingle du jeu ?

– Aussi.

– N'empêche, ils tuent gratuitement, en échafaudant les mobiles qui les absolvent, c'est dégueulasse.

– Tôt ou tard, ils en paieront l'addition, et elle sera salée.

– Cette nuit, je n'ai pu dormir, je pensais à notre échange.

– Que veux-tu dire ?

– Comment vais-je expliquer que je parle avec toi, papa ?

– Tu diras, je parle avec mon père, ce n'est pas exceptionnel que je sache ?

– Papa, tu oublies un détail. Tu es mort. Mort et enterré depuis quinze ans. Je parle avec un mort ou je me fais un monologue ?

– Il y a quelques jours, tu lisais un livre qui parlait de situations analogues. Tu n'avais pas l'air de douter de ce que la personne écrivait, et même tu y adhérais, ce n'est pas vrai ?

– Oui, totalement. Cette expérience je pouvais l'admettre pour quelqu'un d'autre que moi, mais aujourd'hui je la sens en moi aussi.

– Que s'est-il passé depuis que ta sensibilité nous permet l'accès à cette parenthèse ? Vas-tu mal ?

– Non, je vais de mieux en mieux. Et curieusement l'écriture de ton histoire, je la vis comme un accomplissement pour toi et moi. Cette élaboration conjointe, comme un attelage couplé, m'ouvre les yeux sur moi-même, sur ma capacité de persévérer et de m'engager dans un projet à long terme. L'enthousiasme qui s'en dégage me porte et me nourrit profondément, c'est un cadeau intérieur, mais pas seulement pour moi, je le sais, je le vois maintenant que ce n'est pas que pour moi, pas que pour toi, pas que pour notre famille. Non ! Ce n'est pas que pour nous, c'est aussi pour l'humanité. Ce n'est pas que ton histoire soit exceptionnelle qui nous la fait écrire, c'est la conviction commune que nous pouvons par notre démarche de libération intérieure, donner une autre direction a l'horreur. Défaire et réduire l'intense émotion qui traverse le temps et qui lie sous la contrainte victimes et bourreaux. Tel un colibri, goutte à goutte, se dispenser d'amertume et de rétorsion, redevenir neuf, tout neuf à la vie. Tout, absolument tout ce que l'on peut mettre en œuvre pour comprendre, observer le lien entre toutes les personnes, le lien qui nous uni tous, dans une même toile d'araignée. L'idée que ce n'est pas que le fruit d'un vague hasard, mais que peut être qui sait, un jour, alors que nous étions dans un ailleurs impalpable, un choix s'est imposé à nous pour grandir. L'expérience qui change le monde, oser dire non à l'insoutenable kermesse qui nous rabâche que l'autre, trop différent, car il n'est pas nous, doit être réduit à néant, broyé, anéanti.

– Où sont passés ta colère et ton ressentiment du début ?

– Je me suis aperçu qu'au fur et à mesure que tu te libères de tes tensions, moi je me sens plus légère. Au fur et à mesure, tu comprends que les individus vraiment nocifs sont rares. Leurs tourmentes sont telles, qu'ils ne peuvent agir seuls dans leurs rêves de conquêtes et de pouvoirs. Au fur et à mesure, tu comprends qu'un mécanisme se met en place pour chacun de nous et qu'il nous fait basculer d'un côté ou de l'autre de la barrière. J'ai intégré l'idée que ta souffrance te transforme, ta sérénité me prouve que tu es sans jugement envers l'assassin de ton père. Découvrir qu'en partie l'utilisation de la morale est une stratégie de contrôle sur les populations. Ce sont des fables pour coucher les êtres humains sous la peur de tout, sous la crainte d'un dieu, qui lui n'y est pour rien.

– Tu as dégagé l'essentiel de mon exploration intérieure, je me reconnais là, plus vrai que dans ma vie animée.

– Animée ? Là où tu te trouves, t'es comment ? Inanimé ?

– Ce n'est pas tout à fait ce que je voulais dire. Je voulais insister sur le fait que la recherche intérieure n'est pas qu'une possibilité dans la vie sur terre. C'est ici que je me suis aperçu que je n'étais pas souvent avec moi-même, que mes souvenirs m'empêchaient de voir les choses autrement et qu'ils me rattachaient au passé. Nos souvenirs ne sont que des traces dans le sable, notre mental nous les souffle dans la tête. C'est ici, une fois dépouillé de mes empreintes, je me suis aperçu que je n'arrivais plus à haïr quiconque. J'étais libre. Cette liberté t'a mise en lumière, tu étais prête, tu le voulais aussi, alors la passerelle entre nous est apparue.

– Que s'est-il donc passé lorsque tu as vu le présumé assassin de ton père ? Qu'as-tu fait, comment as-tu réagi ?

– Ce n'est assurément pas ce que j'ai fait de mieux dans ma vie, mais aussi probablement pas le pire.

« BORREGUITOS EN EL CIELO, CHARQUITOS EN EL SUELO »
« NUAGES DANS LE CIEL, DE L'EAU SUR LE SOL »

– C'est lorsque je vis cet homme tranquillement assis sur le fauteuil du barbier que je compris les sentiments qui m'animaient depuis l'assassinat de mon père. Ils avaient germé au fond de moi en sourdine, ils avaient écrit un scénario de vengeance dans lequel je n'avais aucun mot à dire ni à rajouter. Agir et me taire étaient les mots-clés de mes sentiments de vengeance. Je pris la rue d'en face où se trouvait une petite place avec des arbres et des bancs, je devais agir vite, mais je n'avais rien dans les mains, aucune arme. Je ne faisais pas le poids pour me battre en corps à corps contre cet homme. Pris par le bout du nez de ma rage, j'entrais précipitamment chez le barbier et me laissa guider par mon obsession, qui attrapa un gros ciseau à pic très pointu. Celui-ci s'enfonça dans le bas du dos de l'homme.

Je pris instantanément la fuite vers les hautes collines que je connaissais par cœur. La police et la garde civile se lancèrent à mes trousses, ils ratissèrent sur cinquante kilomètres à la ronde. Sans restriction, ils resserrèrent l'étau autour de moi, mais leur poursuite resta infructueuse, ce n'était pas la peine de me pavaner, c'était une question d'heures, de jours, de semaines peut-être, mais tôt ou tard. Comment pouvais-je avoir le dernier mot ? Mon idée était de me faire oublier un temps, pour ne pas finir battu à mort sans procès, sans jugement comme mon père. Je me disais que si je me faisais tout petit pendant deux ou trois mois, je me serais rendu, on m'aurait sans doute incarcéré, mais je serais vivant. La nuit venue, je descendais vers le cimetière, je sautais le mur de l'enceinte, je m'installais dans un mausolée ouvert, c'était une bonne planque et la nuit le cimetière devenait le laboratoire des maquisards. Ils m'apprirent que j'étais recherché et qu'une affiche faisait mon portrait en des termes de bandit dangereux. Les maquisards me donnèrent à manger et à boire, puis, je pris le chemin qui monte vers un petit village haut perché dans les arbres de la colline noire. À proximité de celui-ci, je m'endormis dans le fond d'un fourré. La faim me réveilla au moment où la braise du soleil commençait son tour de garde. Je n'étais pas en panique et je ne ressentais aucun remords. Je me sentais dans un état un peu latent, un état, entre deux je ne sais quoi. Je ne réalisais pas encore le poids de mon geste ni les conséquences. J'avais tout de même un sentiment de satisfaction vis-à-vis de mon père, je lui rendais hommage, et ça valait toutes les punitions. Durant deux ou trois mois, j'ai changé de village pratiquement tous les jours. Les informations liées aux villes et villages d'en bas ne venaient pas facilement jusqu'ici. Sachant la population analphabète pour la grande majorité, les communications ne s'affichaient pas, elles se parlaient un peu, mais dans une journée de labeur elles n'avaient pratiquement pas d'influence. Et puis ici, non loin, ça grouille de maquisards, on mesure vite les conséquences de dénoncer un gamin.

« NO CORRAS POR DAR NOTICIAS, CON EL TIEMPO SE HARAN VIEJAS »
« NE COURS PAS POUR DONNER DES NOUVELLES, AVEC LE TEMPS ELLES SERONT VIEILLES »

– Pendant à peu près un mois, mon seul objectif était de me cacher et de ne pas mourir de faim. Je n'osais pas redescendre chez moi, c'était trop tôt trop dangereux. Dans ces petits villages perchés, je trouverais facilement à manger. La population laissait çà et là de la nourriture pour les maquisards. Pour me réconforter, je me disais que c'était aussi pour moi. J'avais installé dans ma tête une bande sonore qui entonnait mon courage et mon audace, j'avais les félicitations de tous les maquisards et de tous les villageois, c'était la gloire, sauf que ça ne sortait pas de ma tête.

– Ta mère avait été informée à propos de ton geste, et de la situation dans laquelle tu te trouvais confronté ?

– Tout se savait, quelques fois à demi-mot, comme si c'était inscrit d'avance. Ma mère était habituée à mes longues absences, tant qu'elle n'avait pas la preuve de ma mort elle savait que je réapparaitrais. Je poursuivis mon échappée jusqu'à « Cien Fuego », le village était très haut perché, il brulait de « Cent Feux » sous le soleil de l'été. Je rencontrais un homme d'un âge avancé, il chargeait du bois dans une charrette, spontanément je lui pris la buche qu'il avait dans les mains, et la rangeai dans la charrette. Il s'assit sur le rebord d'un muret le temps que je répartisse correctement tout le bois dont il avait besoin. Une fois terminée je frottais mes mains de haut en bas sur mon teeshirt pour en décrocher les brindilles, je le regardais en souriant, puis sans rien dire, ni rien attendre, je repris mon chemin. « ***Olà ! Petit, ou vas-tu*** ? »

Ces quelques mots font bondir mon cœur dans ma gorge. Ma tête est en fusion et j'attends qu'elle éclate d'un instant à l'autre. L'animal en moi est aux aguets, l'enfant est pétrifié, le criminel sent sa fin arriver. L'animation chuta radicalement quand je compris qu'il m'invitait simplement à venir partager son repas. Après un bon quart d'heure de marche, nous arrivâmes chez lui. Une grande et belle ferme, ornée tout autour de grappes de fleurs multicolores. Des poules et des canards s'ameutent dans une mare. Placé à l'extérieur du village, et jonchant les collines l'emplacement de la ferme est idéale pour une éclipse rapide. Il me proposa de rester chez lui le temps de me reposer. Il rajouta avec une pointe de malice, *« même un loup affamé ne te mangerait pas de peur de se casser les dents »*. Une semaine, dix jours, je ne comptais plus, je vivais avec la famille du vieux monsieur, j'aidais à la ferme, je m'occupais des enfants, je mangeais à leur table, j'avais une pièce propre dans une remise avec un lit de paille, des draps, une couverture et un oreiller moelleux, le rêve. Un matin, levé de bonne heure, je prépare le café pour le petit déjeuner. Pablo, le vieux monsieur me rejoint, je suis aux anges, l'éternité s'installe. Il me demanda si je savais qui il était, je lui répondis, « *un homme bon, juste et généreux* ». Il rajouta, «*je suis retraité de la garde civile, je sais lire, et j'ai l'habitude d'analyser les situations et les gens* ». Je compris que quelque chose d'important se préparait. Il me dit qu'il avait vu mon visage affiché dans un village du bas avant notre rencontre. Il rajouta que les traits de mon visage étaient plus beaux, mon regard plus doux que sur l'affiche qui me révélait comme un détraqué fou. Il avait bien vite compris qu'il lui fallait entendre un autre son de cloche avant de me porter un jugement. « *Le premier son de ma cloche »* me dit-il, marqua ta délicatesse lorsque tu pris de ma main la buche que tu rangeas dans la charrette. Ce fut l'instant de notre rencontre, puis vint l'aide spontané pour ranger le bois. Ensuite, je t'ai observé, je t'ai regardé vivre au sein de ma famille, respectueux, participant à toutes les tâches quotidiennes, amical et dévoué avec mes petits-enfants. J'en ai déduit qu'un évènement grave et tragique t'avait poussé dans cette réaction offensive.

Pablo me dit qu'il était descendu au grand village pour rencontrer un ami à lui, toujours en fonction à la garde civile. Il lui avait parlé de moi, appuyant sur les qualités qu'il avait constatées, que j'étais bien loin d'un criminel notoire. Il rajouta à son ami, que de sa propre expérience, mon geste mêlait le désespoir et la vengeance. Il me tendit une lettre cachetée que je remettrais au capitaine des gardes civiles de la préfecture d'où dépendait mon village, Alhama de Granada.

Dans quelques jours cela fera presque deux mois que cet évènement a eu lieu, tu partiras pour te rendre et tu donneras la lettre à mon ami, il saura quoi faire pour te protéger. Personne ne te battra ou te fera du mal, bien entendu tu seras incarcéré, mais tu bénéficieras d'un jugement équitable. Ce matin, il est temps, il est temps pour moi de redescendre. J'ai repris des forces, ma chair est dense et ferme, mon cœur est rassuré, les paroles de Pablo et de sa famille sont une caresse dans tout mon être, un espoir que le meilleur est toujours permis. Je m'arrache à cette famille, et ça me fait mal. Je promets de leur donner des nouvelles, un jour, un jour...

Il est neuf heures du matin lorsque je me mets en route pour Alhama de Granada. Il me faudra marcher plusieurs heures avant d'arriver en ville. J'emmène la générosité de Pablo et de sa famille dans mon sac, pain, saucisson, jambon, fromage, fruits, sucreries, et une gourde d'eau fraiche. Je sais que j'existe, je ressens leur humanité dans mon cœur. Il n'est pas loin de vingt heures lorsque je passe le pas du centre de la garde civile. Je présente le document cacheté. Pablo avait dit vrai, aucun mal ne m'a été fait, le gardien me regarde avec beaucoup de sérieux, puis il s'adresse à moi, « *ici tout le monde connait Pablo et l'estime, ce qu'il écrit de toi te donne de la valeur et t'attribue de grands mérites, c'est une influence considérable à mes yeux, c'est plus remarquable que n'importe quel titre de naissance* ».

Face à ces éloges, j'ai un sentiment mitigé, je ressens comme une semonce à me tenir à carreau à tout prix. Deux gardes civils m'accompagnent à la prison dans le centre de la ville. Un grand établissement sur trois étages. Au rez-de-chaussée se trouvaient les appartements du directeur et de sa famille, son épouse et sa fille âgée de dix ans. Le deuxième et le troisième étage étaient réservés aux détenus. C'était une prison pour les préventives, on y séjournait une dizaine de jours, à peu près, et le maximum était de trois mois. Le directeur et sa famille me prirent en estime. Les papiers officiels pour ma mutation dans la prison centrale de grenade ne furent envoyés qu'en dernière limite. Dans cette prison de passage, j'avais pris mes aises, il n'y avait pas vraiment de grosses contraintes, sauf que nous étions emprisonnés. Le directeur avait pour principe d'interdire la maltraitance sous quelques formes que ce soit. Il invitait les prisonniers à un respect mutuel, et les surveillants faisaient partie de cette éthique eux aussi. Pour lui, nous étions tous embarqués dans un mouvement qui nous échappait, qu'ici c'était le dedans d'autre chose, d'une autre façon de voir la vie, et même si nous avions tous des contraintes bien différentes, nous pouvions vivre ensemble sans nous détruire ou nous abimer encore plus. Souvent, on l'entendait dire, comme pour s'en persuader lui-même, ou pour se le rappeler, « *nous ne sommes pas obligés, nous pouvons faire autrement* ». Ces phrases-là se sont distillées en moi, elles ne me lâcheront plus jamais.

Nous étions peu nourris, mais la nourriture était fraiche, jamais avariée. Moi, j'avais droit à un gouter, souvent chez le directeur, alors, nous parlions, mais je ne me confiais pas, je gardais en sourdine l'histoire de ma vie, je brodais un peu pour étoffer, pour donner le change, mais c'est tout. Pour le reste, j'étais moi-même, vif, gentil et serviable, je crois que j'ai bien fait.

Le directeur avait tenu informée ma mère de ma présence ici. Il avait répondu favorablement à sa demande de visite. Ainsi deux fois par semaine ma mère venait de Jatar, un petit village près de Cacin où se trouvait une tante chez qui elle s'était réfugiée. Le premier jour, elle vint avec le petit chien abandonné que j'avais recueilli et nourri alors qu'il était seul, errant dans la rue, juste avant ma fuite. Douze kilomètres aller, douze kilomètres retour, il fallait qu'elle m'aime ma petite maman. Les autres jours de la semaine, le chien venait tout seul, je l'avais baptisé « le chien de cirque », car il était petit, le poil bouclé, la queue en tirebouchon, bref il avait une drôle de dégaine, il était rigolo. D'ailleurs, les autres prisonniers me faisaient la même réflexion, « *ton chien, il a une drôle de bouille, il est rigolo* »... Quelques fois pendant deux ou trois heures le chien rigolo restait avec moi. Quand la fille du directeur venait dans la cour nous jouions ensemble, le chien de cirque adorait çà. Pour son retour je lui disais simplement, file, rentre à la maison, à demain. C'était une situation plutôt insolite.

J'avais remarqué que le directeur, Don José Soléda, titubait un peu, en fait il avait une jambe de bois qui le faisait chalouper un peu de droite à gauche. Je lui donnais une petite quarantaine et sa femme peut être juste trente ou trente-cinq ans. Ils étaient tous les deux très gentils avec moi et prévenant, j'étais le plus jeune prisonnier.

Quelque chose me gênait. Je n'avais encore jamais eu d'expérience sexuelle. Je connaissais la tendresse maternelle, familiale, celle de mes sœurs, mais pas la tendresse venant d'une femme. Je trouvais inhabituels et bizarres les gestes, les petits sourires en coin de la femme du directeur. J'avais l'impression qu'elle voulait un peu de divertissement avec moi. Alors je faisais toujours un pas de côté, ça me faisait peur, mais surtout il était hors de question que je trahisse la confiance du directeur.

Dans ma tête, raisonne le nom de Pablo. Pablo était là, présent dans mon cœur, dans ma mémoire il a installé l'honneur, la fiabilité, la dignité, la loyauté, alors dans son estime pour moi, j'y inscris la mienne. Jusqu'au bout, je ferais un écart pour échapper aux élans de cette femme. Souvent, dans l'après-midi j'avais la permission d'aller dans la colline, tout seul, sans garde posté derrière moi. Cette récréation était une échappée singulière, car elle m'ouvrait les portes vers l'extérieur, je pouvais m'échapper. Je ne me sentais pas vraiment prisonnier, vu les circonstances, j'étais protégé. J'avais le sentiment de partager l'idée de valeurs communes avec les personnes qui me faisaient confiance. Ces qualités m'honoraient et m'accordaient des compétences comme si j'avais obtenu des diplômes remarquables.

Lorsque je ramenais des asperges sauvages cueillies dans la colline, la femme du directeur faisait une omelette dont j'ai encore le gout, tant elles étaient délicieuses. Durant trois mois, ma vie respira la vie, sans peur, sans cris, sans douleur. Les visites de ma mère s'installèrent profondément dans toutes les parcelles de mon être, et jusqu'à la fin de ma vie j'en ai eu la nostalgie.

Le temps m'efface peu à peu. Le temps rode autour de moi. Le temps écrit une autre histoire de ma vie. Trois mois sont passés, le directeur informe ma mère que je vais être déplacé dans une autre prison. Son influence n'a aucun effet, je serais transféré dans l'institution de redressement pour les jeunes réfractaires.

Ce matin, une estafette est rentrée dans la cour. Sur les portes avant, quelque chose est écrit. Je ne sais pas quoi ?

Je ne sais pas lire, c'est lorsque je vois les deux gardes civils s'en extraire que je comprends. Ces deux-là sont venus spécialement pour moi.

Aujourd'hui, c'est moi la vedette. Je demande à la fille du directeur de me dire ce qu'elle lit sur les portes. Deux phrases identiques, « Guarda civil de Granada ». La fille du directeur leur demande où ils m'emmènent. Un des gardes lui répond, « *Ce garçon est très méchant, il mérite une punition pour le redresser* ». La petite me regarde, saisie par les paroles tranchantes du garde civil, elle me regarde si profondément, son sourire, sa main dans la mienne me révèle qu'elle renonce à croire leurs paroles.

Je suis poussé par un des deux gardes vers la porte arrière de l'estafette. Sans ménagement, je me retrouve prisonnier de l'estafette grise, un grillage me sépare des deux gardes assis devant. Je suis un peu abasourdi, tout a était si vite, je n'ai rien vu venir, j'ai gardé trop longtemps les pantoufles de verres dans la prison de passage, maintenant il faut me réveiller.

À peine arrivé à la maison de redressement, je saisis la première occasion qui s'offre à moi. Le garde qui m'avait poussé dans l'estafette, pris d'une avalanche d'éternuements d'un autre monde, me tendit la perche bien malgré lui. Je pousse violemment la porte arrière quand celui-ci me délivre. Interloqué, il tombe à terre et moi je prends mes jambes à mon coup pour m'enfuir hors de cette souricière.

« MAS VALE PAJARO EN MANO QUE CIENTOS VOLANDO »
« IL VAUT MIEUX UN SEUL OISEAU DANS SA MAIN QU'UNE CENTAINE QUI VOLE »

Je ne sais plus de quelle façon, mais deux ou trois jours après mon escapade ils m'épinglèrent. Je fus conduit à la prison modèle de Grenade. Derrière la grande porte fermée, les murs très hauts, les miradors armés, je compris tout de suite l'orientation d'une vraie prison. Cette compréhension me déstabilisa, j'étais ratatiné, je n'eus aucune compassion à mon égard et je me serais volontiers jeté dans la foudre, plutôt que de ressentir cette offense. On me mit en quarantaine.

Quarante jours enfermé dans un cachot de deux mètres de long sur un mètre de large. Il y avait un trou dans le haut du mur, ouvert sur l'inaccessible liberté, le jour, s'y faufilait et la nuit s'y engouffrée. Je m'assis sur le plus vieux matelas au monde qui croulait à même le sol. Je représentais une telle menace pour la population qu'on m'isola de l'humanité. À moi tout seul, j'étais le panier à crabes de toute la prison. Je ne vis personne durant les quarante jours qui me séparèrent des êtres humains.

Deux fois par jour, la porte s'ouvrait sur une tête patibulaire et muette qui me donnait mon repas et de quoi me désaltérer dans un alcarazas.

– Papa, qu'est-ce qu'un alcarazas ?

– C'est un vase de terre poreux qui garde l'eau délicieusement fraiche, une gargoulette. Mon cabinet d'aisances était compris dans le mobilier, c'était un vieux seau jaune en plastique épais. L'anse s'était débinée depuis longtemps, alors quand j'allais le vider dans la fosse à purin je portais mon cabinet à bout de bras et je pouvais y voir mes selles flottées dans mes urines. Durant quarante jours, ce fut ma seule distraction. Au début, j'essayais de garder un rythme d'éveil, de réflexion, d'analyse de la situation, d'idée farfelue pour m'enfuir, quelques mouvements pour ne pas m'engourdir, puis dormir.

Un matin, j'ai compris que j'avais perdu la notion du temps. Je ne savais plus combien de jours et combien de nuits. L'isolement réduit l'espace intérieur et l'immobilise. Je n'arrivais plus à me parler à moi-même, j'étais comme séparé de moi, peut être que je devenais fou, qui sait ?

Enfin, ils m'ont sorti de là-dedans, ils m'ont tondu la tête, j'avais la boule à zéro, un vrai bagnard. Puis ils m'ont conduit à la neuvième brigade où se trouvaient les prisonniers politiques. Nous étions tous entassés dans une grande salle barricadée de barreau à toutes les fenêtres. Je n'aurai pu compter le nombre d'individu, mais approximativement entre deux-cent-cinquante et trois-cents personnes ; ouf ! Moi qu'on venait de cadenasser tout seul pendant une éternité j'étais servi. Nous avions deux couvertures chacun, une nous servait de matelas sur un sol de terre battue et l'autre nous couvrait de sa vieille laine usée.

À dix-neuf heures, nous étions tous allongés, le sommeil se faisait attendre. Je regardais cette marée de corps perdus allongés les uns à côté des autres, puis je m'enfonçais dans cette marée. On ne pouvait pas faire autrement que de se toucher, car nous étions serrés sur un espace de tout juste cinquante centimètres pour chacun. C'est peut-être bizarre, mais je me suis senti en sécurité, comme dans une même matrice. Une ruche humaine, de corps alvéolés de couverture, formant des compartiments horizontaux.

Dans la journée, nous étions parqués dans une grande cour entourée de murs hauts, qui se rehaussaient de gerbes de fils barbelés. Aux quatre coins se hissaient les miradors, nul ne passait inaperçu. Tout au long de la journée, le soleil balayait ce puits de vague humaine, nous étions avachis, amorphes, colorés, recolorés par cette incessante langue brulante qui passait de l'un à l'autre. Nous avions à boire, mais la nourriture était maigre. Le repas du soir, c'était souvent un bol d'eau chaude, pas de quoi calmer les rugissements de mon appétit. Dans mon infortune, j'avais la chance d'être entouré de prisonniers politiques qui recevaient de leurs familles des colis pour améliorer leur quotidien. Mon âge faisait de moi le plus jeune des prisonniers, un groupe d'entre eux m'avait pris sous son aile. Le soir, ils partageaient avec moi leurs provisions. Certains avaient fait de longues études, ils étaient avocats, médecins, ingénieurs, professeurs, philosophes, journalistes de gauche, opposants communistes. Tous à leurs manières avaient tenu tête aux dirigeants de la dictature. Je n'avais pas l'habitude d'entendre parler avec un vocabulaire aussi élaboré. J'avais l'impression de n'avoir que quelques mots à ma portée, et encore, des mots d'argot. Mon langage n'était pas forcément incorrect, mais plutôt imagé, celui d'un inculte, d'un illettré. Tu sais, il me revient deux noms.

– Des personnes que tu as connues là-bas ?
– Oui.
– Dis-moi, je t'écoute.
– J'appréhende un peu de les nommer.
– Pourquoi ?
– C'est comme si je touchais à cette intimité passée. Comme si je n'avais pas le droit de les citer sans leur consentement. Par pudeur, par respect, et je ne sais quoi d'autre...
– Tu avais quel âge papa ?
– Treize, quatorze ans.
– Et eux ?
– Houla ! Trente, trente-cinq, quarante et plus, comment veux-tu que je sache ? Tout ça s'est passé il y a plus de soixante-dix ans.

– Après tout ce temps, la censure est obsolète. Et puis, ce n'est pas pour leur faire du tort que je sache ?

– Si tu le dis. Je me souviens de Ricardo et de Ramiro, pour moi ils étaient les plus intelligents, je me nourrissais de leur savoir. C'étaient des républicains, le mot liberté dansait dans leurs bouches à tout propos.

Comme je ne savais pas écrire, lorsque je devais signer un document, je trempais mon pouce dans l'encre et je l'appuyais sur le papier, cette tache striée c'était moi. Pour l'administration, j'avais un nom, mais moi, finalement j'étais une tache, une tache sur un papier et je me reconnaissais. Mon nom écrit je devenais anonyme puisque je ne pouvais pas le lire.

Ricardo et Ramiro ont été mes professeurs, dévoués à la difficile tâche de m'apprendre à lire, écrire, compter. Deux heures le matin, et deux heures l'après-midi, sans relâche j'apprenais. J'avais vraiment un nom, car enfin, je pouvais l'écrire, le lire, comprendre que ces lettres-là formaient mon nom et mon prénom. L'importance de savoir lire, de pouvoir décrypter ce qu'on lit m'est apparue seulement lorsque j'ai maitrisé l'écriture et la lecture, tout cela prenait sens.

Tout à coup, j'étais quelqu'un d'autre, ce savoir tout neuf me rendait fier de moi, mais j'avais un sentiment équivoque. Parmi tous ces érudits, je mesurais mon ignorance, mais dehors parmi les miens j'aurais la figure d'un savoir qui leur échappe. J'avais peur, je réfléchissais afin de concevoir un orgueil mesuré, juste assez pour être fier de moi sans que cette fierté se transforme en arrogance.

– J'ai l'impression que tu en avais presque honte.

– Oui, je crois que c'est un peu ça, je me sentais en déséquilibre. J'étais loin d'être un intellectuel, mais je n'étais plus non plus un illettré, en quelque sorte j'étais sorti des rangs, de mon statut social de base. À ma connaissance, je n'entrais dans aucun modèle. Il me fallait en inventer un, je serais mon propre pionnier.

En ligne de mire si je ne voulais pas terminer ma course, fusillé à l'orée du jour, il me faudrait apprendre à ménager mes ardeurs, car bientôt mon jeune âge ne sera plus ni un alibi ni un appui. Le pouvoir politique et religieux n'aime pas que le peuple se mette à réfléchir, à découvrir qu'il est intelligent et qu'il pourrait lui résister.

– Et ensuite ?

– Ensuite ? Lorsque le verdict de mon jugement me tomba dessus, il effaça d'un seul coup tous mes sentiments.

– Que veux-tu dire ?

– Un an après mon incarcération, le tribunal me condamna à huit ans, quatre mois et vingt-et-un jours. Là oui, je peux te dire que ça m'a fait mal, un choc. J'étais démoli. J'allais sortir d'ici, vieux, à plus de vingt ans. Plus personne ne me reconnaitra, et moi non plus, je ne reconnaitrai plus personne. Peut-être que ma mère sera morte. Morte aussi en partie à cause de moi, mes sœurs et mon frère me le reprocheront, en fait de toute part, j'étais cuit, fait comme un rat. Il n'y avait plus aucune place pour autre chose que la haine, la peine, le désarroi, et une colère rugissante. Alors, tous mes sentiments d'orgueil et de fierté, ou de comment faire ça ou cela, tout est parti, volatilisé en un temps record, pouf, plus rien. Plus rien que cet énoncé, huit ans, quatre mois et vingt-et-un jours.

Ricardo et Ramiro m'ont laissé quelques jours dans ma tourmente, ils savaient pour l'avoir vécu eux même que rien ne peut venir apaiser quelqu'un dont la vie s'arrête entre les murs d'une prison. Je reçus de nombreux messages de soutien, des sourires qui en disent long, mais qui se taisent. Des regards qui vous transpercent pour aller chercher votre chagrin...

Toujours pas d'apaisement. Du chocolat, fondant sur ma langue, dont la douceur accentue le gout de mon amertume. Des victuailles sorties de je ne sais où, pour calmer ma faim de liberté. Un livre qui veut me faire croire que je suis un intellectuel, que je trouverais le salut dans ses pages. Durant des jours et des jours je n'échappe pas à la présence de ma folie et leur vigilance envers moi témoigne de pièges à éviter. Pendant la fièvre de mon inquisition, ils se relayèrent autour de moi pour m'éviter de sombrer. Plus tard, je me remis à étudier, c'était le miroir aux alouettes qui me viderait la tête. Mais, étrangement, un mécanisme de refus total s'était installé, comme si j'étais arrivé à saturation d'apprentissage. Plus rien ne pénétrait dans ma tête, ma carte mémoire était saturée. J'ai pensé que je manquais d'intelligence, peut-être aussi que le Dieu ambiant m'interdisait cette croissance, cette expansion vers la connaissance. Je sais lire, écrire, compter, c'est déjà bien et inespéré, alors, encore plus, à quoi bon.

– Tu sais Papa, des psychologues, des psychiatres, ont mis l'accent sur la difficulté pour les enfants qui subissent des traumatismes à suivre une scolarité normale ou efficace. Comme si ces enfants mettaient toute leur énergie ailleurs.

– Oui, je l'ai compris, je me suis vu, je me suis observé dans l'attention dispersée, comme si tous mes sens étaient restés aux aguets pour autre chose que l'apprentissage. Autre chose liée à la peur. Trop de peur contenue gardée dans mon corps, dans ma tête, comme des petits doigts qui me pincent partout dedans. J'ai mal tout le temps, mais c'est un mal invisible qui ne laisse pas assez d'espace pour y rajouter de la beauté, des images, de la légèreté, de l'imaginaire. Trop de censure.

Le temps ne passe pas, il s'effondre, il n'a plus aucune substance, je suis emprisonné et je deviens immatériel. Je suis sous l'effet de l'incarcération, imbibé de toutes sortes de soumission, je me sens lesté, même l'espoir me fait peur, non, il me fait horreur. Je ne veux rien, je ne peux rien, alors qu'on me laisse tranquille, surtout que personne n'en rajoute, je ne veux plus rien n'entendre, j'ai assez à faire avec le contenu de ma tête qui divague.

« ANDE YO CALIENTE Y QUE SE RIA LA GENTE »
« PEU IMPORTE QUE LES GENTS RIENT DE MOI, DU MOMENT QUE JE SUIS BIEN COUVERT ET AU CHAUD »

Il y avait des nuits ou des hommes armés venaient dans la grande salle où nous dormions. Ils passaient entre les corps étendus, en choisissaient quatre ou cinq, les réveillaient avec un coup de pied, puis les emmenaient. Au petit matin, le peloton d'exécution les assassinait. Ni vu ni connu, dans l'opacité de la nuit aucun visage ne se dévoilait à nous. Assistés par l'obscurité, les gardes étaient complètement anonymes, ils étaient tous coupables, ils étaient tous innocents, rien ne les distinguait, le lendemain, aucune trace sur leurs visages impassibles et figés. Je crois qu'encore une fois mon âge m'a sauvé la vie, aucun coup de pied ne m'a désigné pour l'échafaud. Les places vides se remplissaient vite d'autres corps prisonniers. Cette vie carcérale était triste, difficile, et très dure. Sans mes amis, je n'aurais pu résister à la peur d'être le prochain sur la liste. Je voulais vivre, c'était plus fort que tout, plus fort que moi, je voulais vivre. Le peloton d'exécution désignait en priorité les plus récalcitrants et les plus actifs, ceux qui avaient commis des attentats. Les journalistes de gauche et les communistes n'étaient pas à la fête, ils donnaient le ton en entonnant l'international juste avant les balles qui les faisaient taire.

Au début de l'année 1946 après six ans de captivité je suis libéré, j'ai presque vingt ans. C'est ma bonne conduite qui a joué en ma faveur. Ma bonne conduite. S'ils savaient, tous ces dépositaires d'esprit libre, combien de fois je les ai tous trucidés, décapités, émasculés, pendus et dansés sur leur corps gisant, mourants, s'ils savaient dans ma tête, combien de fois. L'espoir qui a veillé sur moi et m'a gardé en vie c'est de revoir ma mère, mon frère et mes sœurs. L'envie de vivre aussi, juste parce que je suis trop jeune pour mourir et puis les autres, tous ces autres qui ont été mes amis. Ensemble dans la galère, ensemble, tout simplement. Tous ensembles, pour créer une vie moins absurde que la leur. Je suis parti ce matin-là, la folie dans ma tête, je suis libre, mais libre de quoi ? Il y a longtemps que j'ai refusé les visites de ma mère et de ma famille. Je voulais créer de la distance. De la distance avec les yeux, ne pas se voir, s'imaginer un peu, puis s'estomper de la mémoire de l'autre. Presque jusqu'à disparaitre au cas où...

J'étais mort mille fois. Trop longtemps étiqueté, je ne me reconnaissais pas, je ne savais pas qui j'étais, en résumé, j'étais libre de rentrer chez moi, c'est tout. Chez moi n'existe plus, six années l'ont avalé. Avant de partir, j'ai regardé partout, même le ciel, même le soleil, j'ai demandé à voir le cachot où j'avais été enfermé, mais ça ils n'ont pas voulu. J'ai regardé Ricardo et Ramiro dans les yeux, j'aurais voulu leur dire tout ce qu'on dit aux gens qu'on aime et qu'on ne reverra plus, mais je n'ai pas pu. Je les ai serrés contre moi, l'un après l'autre, j'ai senti qu'ils tremblaient, ce fut encore une fois la déchirure. Puis j'étais dehors, la porte s'est refermée, je suis tombé à genoux et j'ai pleuré.

Je m'assois sur le sol, les fesses calées contre le mur de la prison, le dos rond, mes bras entourent mes genoux repliés et dans un soupir je baisse ma tête sur mes avant-bras. Je souffle, je ferme les yeux pour laisser apparaitre des images, rien ne vient, je suis connecté à la prison, enchainé à elle. Je m'aperçois que son manège a cessé, mais que je ne suis pas encore libéré de son étreinte. Ma respiration se calme, je m'endors quelques secondes de l'autre côté de la terre, de l'autre côté de l'étreinte. Je ne suis pas recherché, personne n'est jeté à ma poursuite à l'horizon de ma toute fraiche liberté, je peux m'endormir là, si je veux. J'ouvre les yeux, je suis en haut de la pyramide de mes genoux, en bas un autre monde s'active, c'est la frénésie des fourmis, elles vont à droite, reviennent par la gauche, elles montent sur mes pieds, redescendent, elles engrangent des réserves de nourriture pour l'hiver et rien ne les distrait de leur implacable obsession. D'un bon, je me redresse, les fourmis ont réveillé en moi mon instinct de survie et de soutien familial.

Je m'étire, mes bras enlacent le vent, une drôle de sensation est venue remplacer la peur. L'amorce d'un sentiment déchu se confirme lentement me révélant peu à peu, à mon étourdissante liberté. Le contraste m'impressionne, j'ai perdu l'habitude de la liberté, elle ne me reconnait pas, dehors je ne sais plus qui je suis. Les peurs sont des impostures, elles s'accrochent à moi, dans ma tête, elles me trompent pour donner libre cours à leurs toutes-puissances. Il me faut lutter pour mettre en pratique les conseils de mes amis. Je dois me donner asile à l'intérieur de moi. Ma détermination réduit l'insurmontable et enfin je peux m'abriter dans un petit brin de silence à l'intérieur de mon corps, de mon être. Je vis cet instant comme une bénédiction, je ne sais pas vraiment comment cela agit ni ce qui se passe en moi, je constate seulement qu'au lieu de m'abimer et de me souiller davantage, je ressens quelque chose de nouveau.

– C'est comme une réconciliation ?

– C'est ça, exactement, juste à cet instant-là je suis réconcilié avec moi. Je ne sais pas combien de temps se prolongera cet état, mais ce n'est pas le plus important. Ce que je veux sauvegarder, c'est la notion que c'est possible. Que moi aussi je peux le faire et me retrouver sans violence dans un état de détachement d'avec les obstacles dans ma tête. Entre mes dents, dans la plus grande confidentialité, se murmure « je suis libre, je suis libre, je suis libre ». Puis comme un fou, piqué par une mouche, je m'élance sur la route et je hurle, « je suis libbrrre » !!!

Je marche toute la nuit. Je mange les provisions que m'ont données mes amis avant mon départ de la prison. J'arrive au petit matin dans mon village. Le soleil ne s'est pas encore réveillé de sa nuit. Ma présence solitaire dans les rues atteste de ma longue absence. On m'a oublié. On me dit mort. On ne veut pas de moi ici. Ce serait mieux si j'étais mort. Mais, comment faire ? Je suis vivant, il va falloir faire avec ça, je suis vivant, et libre. Libre de quoi ? Je verrai bien, chaque chose en son temps, surtout pas de précipitation. Ici, mon sentiment de liberté augmente, je dois le contenir.

– Que veux-tu dire par « augmente » ?

– Je ne sais pas ce que cela signifie exactement. J'ai mal. J'ai mal partout dans mon corps, la menace n'est pas extérieure à moi, la menace c'est mon être. Il y a désaccord. Dans ce village, je suis un fantôme. Pour moi dans ce village le temps s'est arrêté lorsque j'avais treize ou quatorze ans. Il a vécu sans moi. Nulle part je n'apparais, nulle part j'ai mon reflet. Sur aucun morceau de bois ramassé, sur aucun champ labouré, dans aucune jatte remplie d'eau, je suis absent de tous ces petits détails de la vie. Je suis inscrit là-bas, à la prison. Dans ce village, j'ai vingt ans. Je ne peux pas avoir vingt ans, c'est impossible. Je veux retrouver mes treize ou quatorze ans, j'irais même jusqu'à seize, dix-sept, mais, je vous en prie, pas, vingt.

– Pourquoi insistes tu papa ? Pourquoi fixes-tu ainsi sur cet âge ?

– Partout dans le monde entier on parle de la beauté, de la fraicheur de cet âge, une chanson le chante « on n'a pas tous les jours vingt ans, ça n'arrive qu'une fois seulement... ». Mon enfance, mon adolescence, ma jeunesse me reviennent avec violence et déchire mes traits de visage, j'ai subitement une envie folle de mourir.

– Tu préfèrerais t'enfuir ?

– Partir ? Encore ? Partir, toujours partir ? Rester me sera peut-être improbable, mais partir maintenant est une torture au-delà de mes forces.

– C'est un choix n'est-ce pas ?

– Oui.

– Tout ce temps qui s'est succédé sans toi dans ton village a décoloré la réalité.

– Le temps écrit aussi à partir de ton absence, les nuances se trouvent dans la pensée, dans le cœur de chacun.

– Ta famille c'est retrouvait face à sa douleur et à sa culpabilité. L'espace entre ton retour et ton absence se réduit à un souvenir presque lointain, c'est là leur torture, comment aime-t-on un absent ?

– Je me le demande. Il n'y a pas plus grande absence que l'absence à soi. De quel « soi » puis je parler pour moi-même ? Soi s'identifie à notre histoire ? Soi, c'est la somme de nos actes, les bons comme les ignobles ? Soi, c'est l'absence de tout ? C'est ce qu'il en reste ? Soi, c'est de l'insoutenable qui me pousse à l'introspection encore et encore jusqu'à la distance nécessaire pour comprendre que mon être est ce qui échappe à ma représentation, à toutes mes représentations. Là, et pas avant, peut intervenir Dieu, quel qu'il soit, car jamais celui-ci ne me demandera d'en convaincre un autre.

– Le courage sera d'émerger ensemble, toi avec ta famille.

– Oui, de reprendre une écriture commune. J'émerge de ma peur. J'émerge de mes souvenirs, de leurs sourires, de leurs regards, pour eux aussi le temps a effacé six ans...

Je m'assois non loin de la maison de ma mère. Le jour dévoile peu à peu les détails de la rue, il me semble que rien n'a changé. Les coqs poussent leurs chants qui déchirent les sommeils.

Je ferme les yeux pour imaginer ma famille. Je vois le visage de ma mère, puis il s'efface je n'arrive pas à le maintenir dans ma pensée, il se dérobe. Les autres visages sont enfantins, je dois leur rajouter six ans...

Avant que je n'ouvre mes yeux un visage m'effleure et s'impose, un tourbillon d'images défile à l'intérieur de mon crâne. Je reconnais mon père, tantôt visage doux, puis visage meurtri, puis visage tordu, puis plus de visages, juste mort. L'image de son visage mort me secoue, d'un bond je me lève, je me hisse sur la pointe des pieds et je lève mes bras au ciel pour m'étirer comme pour me hisser d'un long sommeil. Et c'est de çà dont il s'agit, simplement un long, très long sommeil d'où je reviens.

Je m'approche de la porte d'entrée, une douce odeur de petits pains ronds s'échappe d'une fenêtre restée un peu ouverte. Le silence seul m'accompagne. J'hésite. Je regarde la porte. J'anticipe mon geste pour ne pas taper trop fort, alors personne n'entend. Je suis dehors. Je respire fort et juste lorsque j'approche ma main droite pour taper la porte s'ouvre en grand sur les regards attentifs de ma famille. Ma petite sœur se jette dans mes bras, je m'agenouille pour la serrer à la taille, je pose ma tête contre son buste et elle me passe les mains dans les cheveux, comme c'est doux. Ce n'est plus une petite fille. Puis nous nous serrons tous les cinq comme pour former un seul être, un seul et même ventre. Larmes, rires, sanglots, sourires, pas de mots, pas encore, aucune parole ne sort de cette étreinte, des gloussements qui parlent à notre place. Ma mère s'est assise tant l'émotion la submerge. Je suis au centre de la ronde fraternelle qui s'ouvre en direction de ma mère. Je regarde ma mère, c'est presque un miracle que nous puissions nous revoir, je suis mort si souvent, elle aussi. Je m'approche, elle se lève, titube, je l'attrape et la serre contre moi. Plus rien. Pendant un long moment, plus rien que le silence de notre étreinte. Dans la perfection de cet instant, mon frère et mes sœurs se sont installés autour du petit déjeuner qui était déjà dressé comme si l'on m'attendait. Mon bol se trouve sur la table, ils m'attendaient.

– Qu'as-tu ressenti lorsque tu as vu ton bol, on t'attendait finalement ?

– Ce n'est pas exactement un ressenti que j'ai vécu à ce moment-là, un mot...

– Pardon ? Un mot ?

– Oui, un seul mot. Famille.

« DE TU HIJO SOLO ESPERES LO QUE CON TU PADRE HICIERES »
« ESPÈRE DE TES ENFANTS SEULEMENT CE QUE TU AS PU FAIRE POUR TES PARENTS »

– Silence encore, le temps de boire un café fumant. Tous les regards sont tournés vers moi, et moi, mes yeux regardent les regards. Regards longtemps placés dans la mémoire de l'oubli, mais jamais totalement oubliés. La parole ne vient pas. La parole est contenue. La parole pourrait trahir la longue absence, douleur, ne plus se revoir.

– Alors ? Tout s'arrête là ?

– Ma mère s'est approchée de moi. Placée derrière moi, son ventre contre mon dos, elle pose ses mains sur ma tête, de ses doigts visite mon visage, se penche pour mettre son visage dans mon coup et prononce à peine audible ses mots qui résonnent encore en moi, « *mon fils, mi-hijo* ». Alors je commence à raconter la prison, mais pas toute, j'en retire un peu, j'insiste sur l'amitié, Ricardo, Ramiro.

– Que s'est-il passé pour ta famille durant toutes ces années ?

– D'abord l'inquiétude, la peur qu'on m'exécute, la peur que je devienne fou. Venir me voir l'a rassuré. Double peine lorsque j'ai refusé toutes les visites. Je compris que ma mère était informée de mon état de santé par un gardien qui était marié avec une de ses amies. C'est aussi pour cela que mon bol était sur la table, elle savait le jour de ma sortie, elle savait aussi qu'il me fallait revenir seul à la maison. Un pèlerinage de retour petit à petit, comme élaboré.

– Et pour eux alors ?

– Rien n'avait vraiment changé, mon frère était employé comme berger, ma grande sœur continuée les chevauchées avec l'âne Pédro, ma mère confectionnait de délicieux tortas qu'elle vendait sur le marché ou à domicile. Mes deux petites sœurs gardaient des enfants et faisaient du ménage dans les grandes maisons de maitre. La vie s'était étirée et les avait fait grandir. Ma mère n'avait plus les traits tendus et les ronds noirs autour de ses yeux. Le temps s'était décroché d'elle, je la trouvais belle, ses yeux bleus sortaient des fonds de mer.

Plus tard dans la matinée des gardes civils vinrent taper chez nous. Ils me suggérèrent de partir m'installer ailleurs. Ici certaines personnes ne veulent plus entendre parler de moi. Ils ont oublié l'enfant que j'étais, ils ont oublié mon père, et tous les autres. Ils ont perdu la mémoire et ne se souviennent que de mon acte de vengeance. Pour certains, je suis dangereux et je leur fais peur. Je me suis refusé à partir, je partirais si je le décide, je suis libre, j'ai payé très cher ma vengeance. Cacin, Jattar, c'est chez moi. Ils sont repartis en me mettant en garde, argüant que je ne suis plus un enfant et qu'à la moindre incartade je plonge et je paierais de ma vie. Ma mère est sidérée, à l'intérieur elle bout, mais s'interdit de réagir, c'est trop dangereux de tenir tête. Ici, la prison n'a pas de barreau, mais des sentinelles font le guet.

« EL TIEMPO TODO LO CURA, MENOS VEJEZ Y LOCURA »
« LE TEMPS SOIGNE TOUT, SAUF LA VIEILLESSE ET LA FOLIE »

Le lendemain, je suis allé me promener dans le village, sur mon passage les portes se ferment. Je suis arrivé à la sortie du village. Il n'y avait aucune trace du massacre. Dix ans plus tard, mon père gisait encore dans ma tête. J'ai marché longtemps. À la rivière, j'ai entendu les rires des enfants, mais ce n'était pas les nôtres. Nos rires avaient été emportés par la rivière. Je suis allé dans les fermes pour me faire embaucher, nulle part il n'y avait de la place pour moi. J'étais de trop. Les gens, mes voisins, mes amis d'enfance changeaient de rue, passaient au trot, se débinaient. Seul.

Perché en haut d'un champ d'olivier, je me suis endormi. Mon premier sommeil de liberté en plein jour. Un sommeil profond, abandonné sous un olivier tout à mon écoute.

– Que ressentais-tu ?

Encore une injustice n'est-ce pas ?

– Du rejet. Mon enfance avait payé ma dette, mais ce n'était pas assez. J'avais l'impression que j'allais vivre à crédit. Un crédit de maitrise constante de tous mes agissements. Je devais rester dans les rangs, ne répondre à aucune provocation, quelles qu'elles soient.

– Le rejet c'est déjà une provocation...

– Ce rejet m'enferme encore plus violemment que les barreaux d'une prison. Il m'interdit de trouver du travail, de partager la vie des jeunes de mon âge, il me met en situation de dépendance face aux besoins de ma famille. Moi qui pensais me reconstruire, je développe une plus grande méfiance, et même dans la rue je marche droit comme un I majuscule pour toiser. Je me suis mis à marcher dans les rues avec une hache tenue dans ma ceinture. Lorsque je rentre dans une taverne les gens s'en vont, la taverne reste vide, ma présence occupe tout l'établissement. Je bois autant que je veux, et lorsque je demande l'addition, on me répond que tout est payé, je n'ai jamais su par qui. À la maison, la faim rode toujours. Ma mère me dit qu'à une vingtaine de kilomètres les grands propriétaires proposent aux bucherons de nettoyer les collines de façon à favoriser les bonnes repousses de chênes et de pins géants. Quelques pièces pour salaire. La possibilité de faire du charbon de bois avec les retombées et de le revendre pour notre compte. Je m'y rends dès le lendemain.

Dans ce nouveau village, je n'ai pas d'arriérés, on ne me connait pas, je suis embauché. Durant des jours et des jours, je travaille d'arrache-pied, je nettoie les parcelles qui me sont attribuées. Je creuse, je gratte, je retire les racines. Les petites branches d'un côté, les grandes de l'autre. Des petits arbres sont abattus pour laisser les plus vigoureux s'exprimer davantage. Il est formellement interdit d'abattre les grands pins, car les pouvoirs publics et les propriétaires ne supportent pas que des bénéfices supplémentaires rentrent dans la poche des bucherons. Celui qui commet cette arrogance est renvoyé et doit s'acquitter d'une amende. Après quelques semaines de travail, nombreux sont ceux qui abandonnent tant la tâche est lourde et la paie désespérée. Ma famille avait besoin de plus d'argent pour faire face aux contraintes de la vie. Très vite, une idée germa dans ma tête. Le charbon de bois de qualité est recherché et bien payé. J'allais organiser ma petite entreprise, mais il fallait jouer serré. Motus et bouche cousue, même dans ma famille personne ne doit savoir. Je remplis mon sac à dos de nourriture, charge la chèvre familiale d'outils, et je repars, direction les collines. Mais pas dans les collines déterminées par tous ces aristocrates arrogants et censeurs. Non, je vais m'enfoncer dans les collines sauvages, dangereuses pour les prétentieux qui s'y aventurent sans méfiance. Mes collines, épaisses, noires d'arbres. Les collines de mon enfance. Je dis à ma mère de ne pas s'inquiéter. Je lui dis que je pars où le travail paye. Plus loin dans d'autres villages et peut-être bien, jusqu'à la capitale. Je lui dis de n'écouter aucun commérage me concernant. Elle peut me faire confiance, je reviendrais.

Je marche deux jours avant d'entamer la colline. En fait de colline, on pourrait la comparer aux forêts tant les arbres y sont denses, feuillus, innombrables. Je m'enfonce. Je m'incorpore pour y trouver la situation idéale pour mettre mon entreprise à l'abri. Je vais faire essentiellement du charbon, je vais faire essentiellement de l'argent. Avec des joncs, des feuillages, des herbes, je me confectionne un lit. Je creuse un œil rond dans la terre pour y faire mon feu de camp. Jour et nuit, je coupe et je hache, grand, petit, j'éclaircis ici et là sans relâche. Je cache bien de grosses réserves de bois qui me serviront pour fabriquer le charbon de bois.

Régulièrement, je descends pour vendre du bois. Avec l'argent récolté, je m'achète de la nourriture puis je remonte. Je me mis à la fabrication du charbon de bois que j'entassais dans de vieux sacs de toile de jute, puis j'allais les vendre dans des villages alentour où l'on ne me connaissait pas. La qualité de mon charbon intéresse de plus en plus de monde. Je garde tout l'argent que je gagne pour le ramener à ma mère. Je dépense juste le nécessaire pour ne pas mourir de faim. Mon magot est bien rangé, dans la cachette de ma ceinture autour de ma taille. Certains vieux bucherons usés à la tâche commencent à jaser. Ils ne comprennent pas. Comment ce frais débarqué d'on ne sait où fabrique autant de charbons de cette qualité ? En quinze jours, je m'étais rempli les poches. Désormais, je pèse lourd. Je choisis de tomber quelques grands pins pour finir mon œuvre d'enrichissement rapide.

– Tomber les grands arbres c'est interdit. Tu ne craignais pas d'être débusqué ?

– C'était le dernier de mes soucis. Seul comptait l'argent que je rapporterais chez moi. Seul, comptaient ma mère, mes sœurs et mon frère, le reste n'avait aucune importance.

– Tu ne te sentais pas un peu hors la loi ?

– Hors la loi ?

– Un peu, non ?

– Tu plaisantes ! Je me sentais invincible au fur et à mesure que ma vieille ceinture de cuir s'épaississait. Pour moi, j'étais dans mon droit. Je n'avais pas le choix, cet état fasciste veut nous réduire, moi je me défends avec mes armes. Je suis un malin, et je suis solide, alors j'agis.

– J'adore ta vivacité à réagir et à me tenir tête.

– Ouais, bon, tu as toujours aimé me taquiner.

– C'est l'hôpital qui se fou de la charité, ça alors...

– En deux mois, j'avais fait fortune.

– Tu veux rire ?

– Pas vraiment. Ma fortune vient de mon courage, de ma détermination. Ce n'est pas la fortune de ceux qui pissent sur leurs esclaves. Mon tour de taille s'est résorbé, mais ma ceinture est abondante. Je ne tiens plus en place demain, je repars. Demain, je rentre chez moi. Demain, j'inonde ma mère de cadeaux. Mais, avant demain, j'eus la visite d'un propriétaire terrien.

– Tu étais sur des terres privées ?

– Non, j'étais dans les collines profondes, dans le patrimoine espagnol. Mais il faut comprendre qu'à l'intérieur d'un état fasciste tous les droits vont à ceux qui font partie du pouvoir. Les autres doivent rester dans l'ordre établi et ne pas en sortir, moi, en agissant ainsi pour mon propre compte, j'en suis sorti. Et même je suis allé trop loin.

– Encore une fois, n'est-ce pas ?

– Oui, mais j'en suis fier.

– Moi aussi.

– L'homme qui était venu jusque dans mon fief avait reçu des informations par certains bucherons trop bavards et jaloux. Il était furieux. Il disait que j'avais fait un massacre en tombant de grands arbres. Il me dit que je mérite la prison à perpétuité. Je lui dis que la perpétuité n'est rien. L'idée qu'à cause de ces mouchards jaloux ma famille en serait réduite à la mendicité était pire que tout. Moi de toutes les façons je ne serais pas là pour le voir, et dans ma cellule je me pendrais. Je rajoute en le regardant dans les yeux avec la pointe de mon cœur que lui portera cette histoire. Qu'elle restera dans sa mémoire, et que les nuits viendront la lui raconter.

– Waouh! Tu as fait fort.

– Il tourna les talons et s'en alla. Je suis resté debout, figé, le regard en équilibre sur l'horizon. Puis mon cœur s'est mis à battre dans ma gorge. Je me suis vu pendu. En fermant les yeux, j'étais pendu aussi. Ma tête éclatait en lambeaux. Puis un écho de voix, « *holà ! Jeune, tu es toujours là ?* » L'homme était revenu. Il me dit s'appeler Don Miguel et rajoute, « *J'ai observé que tu avais coupé de grands arbres, mais que tu n'avais pas fait le massacre dont on m'avait parlé. Tu as espacé les coupes de façon à ne pas faire de trous dans la colline. Je te trouve très professionnel. Coupe ce dont tu as besoin, moi je n'ai rien vu. Je ne dirais rien, et même je ferais taire les rapporteurs. Ici, je n'ai rien vu de spécial. Si tu as faim, monte au village des pruniers, va chez Dona Ylaria, et dit lui que tu viens de ma part, elle te donnera du jambon et du pain* ». Je n'en suis toujours pas revenu. Comment se fait-il, qu'ils aient réapparu avec un tout autre discours ? Était-ce la prophétie des nuits blanches ? Était-il un despote accommodant ? Était-ce une pointe de lucidité de sa part ? Que sais-je ?

– Mystère !

– C'est ça, mystère ! Je suis retourné chez moi, chargé de victuailles, de vêtements, une poupée pour ma petite sœur. J'ai donné tout l'argent qui restait, à ma mère elle n'en revenait pas. Jamais elle n'avait vu autant d'argent. En cas de débauchage, cette fortune les place à l'abri du besoin pendant de longs mois, peut-être une année, si ce n'est plus.

– À condition de ne pas tout dilapider en quelques jours.

– Quand on a eu faim, que le ventre se tord de douleur, on économise les miettes de pain. Alors, crois-moi quand je te dis qu'ils en ont pour un bon bout de temps.

« EL DOLOR DE CABEZA, EL COMER LO ENDEREZA »
« LE MAL DE TÊTE SE DURCIT AVEC LA NOURRITURE »

– D'autres temps se préparent à venir.

– Quel temps se dirige vers toi ?

– Le temps du service militaire. Je reçois une convocation pour me rendre à Grenade dans le centre militaire. J'ai trois jours pour m'y rendre. Je rêve. J'avais complètement oublié. La prison et maintenant le service militaire. C'est insupportable pour ma mère. Trois jours moins le trajet, je ne suis là que pour deux jours. Pendant ces deux jours, nous restons tous ensemble. Nous prenons le temps de parler. De nous raconter. De pleurer. De rire. Ma mère ne cesse de me regarder, comme si elle savait.

– Comme si elle savait quoi ?

– Que plus jamais elle ne me reverrait. C'est l'heure du départ. Un voisin qui descend à Grenade avec son vieux camion me propose de m'amener. Les regards sont inondés de toutes les eaux de tous les océans, de toutes les mers, de toutes les rivières, et de toutes les pluies suspendues dans le ciel. Les larmes donnent l'assaut final et ruissèlent en vagues déferlantes sur nos visages. Ma mère a un malaise. Elle sait. Je la serre contre moi fort, je la serre comme pour en extraire son jus de maman et me l'emporter. Puis, comme si je les passais en revue, j'embrasse ma grande sœur, mon petit frère, ma petite sœur, et la dernière qui me saute dans les bras et entoure ses jambes à ma taille. Je ne sais pas pourquoi, mais je n'arrive pas à dire un mot. Je n'arrive pas à dire à bientôt. Je n'arrive pas à dire je vous aime. Je n'arrive pas. Je lis dans le regard de ma mère, alors je sais moi aussi. Le voisin a mis sa main sur mon épaule, elle fait quelques va-et-vient, il est ému de la situation. Je monte dans le camion, et je regarde s'éloigner et se réduire à plus rien, toute ma famille. Pendant le trajet, ma bouche reste cousue. J'entends le voisin renifler, passer ses doigts sur ses yeux et le dessus de sa main sous les narines pour s'essuyer. Je ne suis pas le seul à être retourné.

Nous sommes arrivés à Grenade. Je ne sais plus si c'est l'été, plutôt le printemps je crois. Je suis sorti de la prison tout au début de l'année 1946, j'ai travaillé d'arrache-pied pendant presque trois mois, oui, c'est ça, nous sommes à la mi-avril. Les journées sont belles et presque chaudes, mais pas encore comme en plein été, où le soleil te cramoisi. Le voisin à insistait pour m'accompagner jusqu'à la porte d'entrée de l'établissement militaire. Je le remercie. Il me tend la main, je la serre dans ma main droite. Dans son regard, il y a de l'affection. Il me serre contre son torse. Son étreinte est solide, presque à me couper le souffle. Il se détache de moi, m'attrape par les épaules et me dit, *« tu es un bon jeune, soit prudent, prends soin de toi »*. Il me glisse un billet dans la main en me disant, *« tu boiras un verre à la santé de la paix* ». Deux gardes font le planton devant l'entrée. Je les regarde. Sans bouger d'un pouce, ils me suivent du regard. À me braquer ainsi du regard, j'imagine que l'élastique qui retient leurs yeux se détend et que ceux-ci vont se pulvériser dans le fond de leur boite crânienne.

– Ou alors, leurs yeux s'extirpent de leur espace orbital !

– Génial ! Nous avons le même humour.

– Quelques fois, c'est tout ce qui nous reste, n'est-ce pas ?

– Si signora ! J'entre dans la caserne. Que vais-je encore vivre ? Une file de jeunes recrus attend. Les jeunes qui ont fait l'école militaire ont déjà un grade. Ils montent directement à l'étage, comme si tout était déjà réglé pour eux. Les autres...

– Quels autres ?

– Les fils de riches, les fils de notaire, les fils des propriétaires terriens et compagnie, eux aussi avaient un grade des plus importants.

– Lequel Papa.

– Ils étaient riches, c'était leur diplôme.

– Que s'est-il passé pour toi ?

– Ils m'ont donné le choix entre deux destinations.

– Paris ou New York ?

– Un peu moins poétique.

Sans être un érudit, mon long séjour en prison m'avait ouvert les portes d'un savoir. Je pouvais m'éclairer à la lumière de la lecture ! Ce que je lisais là, était un embrigadement, une mobilisation pour un départ en guerre, rien à voir avec l'engagement pour le service militaire. Ils restèrent interloqués. Moi, je suis ici pour effectuer mon service militaire, pas pour aller mourir dans un pays que je ne connais pas, où personne ne m'a fait du mal. Une voix arriva avant la personne qui s'adressait à moi. « *Tu iras où bon me semble, ta vie m'appartient, j'en fais ce que je veux.* »

– La raison du plus fort ? Ça va te plaire...

– Toujours la raison du plus fort. Sans crier, sa voix est haute, convaincue de la logique de celui qui la porte. Le commandant entre, et les voix restent suspendues. C'est un silence de froussards. Plus personne ne respire. Personne ne relève la tête. Personne ne fait de geste. Figés, ils sont tous figés. Quel est ce prodige qui les propulse tous dans les abysses de leur courage absent ?

– Je sens que je vais m'amuser !

– Tu m'étonnes !

Le commandant prend une chaise et s'assoie le dos bien collé au montant. Puis il soulève ses talons et s'appuie sur les pointes de ses pieds, la chaise bascule un peu en arrière.

Il retire sa pipe de la bouche et me dévisage, comme si minutieusement il reconstituait en puzzle ma figure tout entière. J'hésite entre l'horreur ou l'envie furieuse de rire. La mise en scène ne correspond pas à son physique de dodu débonnaire. Essaie-t-il de me restituer un personnage effrayant et menaçant ? Je suis obligé de me mordre l'intérieur de ma bouche pour ne pas éclater de rire devant ce comique. Je l'imagine sur un cheval dans le costume de Napoléon pour tenir son rang dans une histoire héroïque aussi bien que tragique. Il poursuit de sa voix haute et convaincue. « *Tu as deux choix.* », puis, il s'arrête et prend une longue inspiration en me regardant jusqu'au fond de mon crâne. « *Deux destinations s'offrent à toi. La première, départ pour l'Allemagne dans la division azur, avec le Général Munoz Grande* ».

– Tiens un homonyme qui s'appelle Munoz, comme toi.

– Oui, mais le parallèle s'arrête là. « *Deuxième choix la Corée du Nord, tu seras intégré dans le commando des garçons de la nuit* ».

– Les garçons de la nuit ? Quel lyrisme !

– Tu peux me croire, tous ces titres de rêve me font cauchemarder... Finalement, j'ai été affecté dans les montagnes pour un calvaire qui se prolongeait jour après jour. Durant des mois on nous a reconstitués. L'objectif, faire de nous des bêtes à tuer. Nous laver le cerveau et le cœur afin de rejeter tous les scrupules

– C'est la stratégie des despotes et de tous les régimes dictatoriaux, user d'autoritarisme et tyranniser les récalcitrants.

– C'est exact, la fabrique des adeptes. Nous pétrir, jusqu'à nous rendre inflexibles.

– Vous devenez aptes à éliminer les ennemis et les adversaires des dirigeants.

– C'est tout à fait ça, nous sommes considérés comme de la chair à canon. Un câble céda pendant une manœuvre et je fus blessé. Une ambulance me transporta à l'hôpital militaire de la ville de Jaca. Je fus soigné par une ribambelle de nonnes infirmières. Toutes plus gentilles les unes que les autres. Certaines...

– Un peu coquines ?

– Eh oui !

– Ce fut donc une convalescence joyeuse ?

– À vrai dire ? Réjouissante. À la hauteur de mes ambitions hormonales.

– Quel appétit !

– Oui, c'est ce que nous partagions, les nonnettes et moi, une authentique envie de vivre. Pendant plus d'un mois, ces coquines ont chaloupé sur mes valseuses.

– Comme convalescence, à vingt ans, tu ne pouvais pas rêver mieux.

– Et je n'ai pas rêvé mieux. Avant de repartir pour la caserne, le commandant de l'hôpital militaire me fit appeler. Je l'appréciais, ce n'était pas un despote. Nous avions eu quelques conversations. C'était un homme d'une cinquantaine d'années. Il était marié. Il n'avait pas d'enfants. Il était issu d'une grande famille de propriétaires. Il avait reçu une éducation très religieuse qui le maintenait au garde-à-vous devant les seigneurs de l'Église catholique. Un jour, il m'avoua qu'il se faisait petit pour qu'on le laisse en poste à l'hôpital militaire. C'était une façon de s'extirper de la danse macabre des dirigeants de ce pays. Il inaugurait chaque jour cette tactique, c'était sa méthode pour rester vivant dans sa tête.

Le commandant me proposa un mois de permission, sous le prétexte de me ressourcer dans ma famille. J'étais dubitatif et inquiet. Il me rassura. Il avait depuis une dizaine de jours informé l'administration centrale militaire du fait de m'accorder un mois pour me rétablir complètement. Je signais l'acte de sortie où il était précisé que je devais rester en uniforme militaire pendant tout le temps de ma convalescence.

– En effet, tu étais convalescent et militaire.

– Avant de partir, j'allais souhaiter un bel avenir à mes nonnes préférées. Sourires dans les regards tristes. Je me rendis aussi dans le bureau du commandant pour le remercier. Je pris la route avec ma permission signée et le billet de train dans ma poche.

« LAS MANANAS DE ABRIL SON MUY RICAS DE DORMIR, Y SI SON LAS DE MAYO ESO NO TIENE NI FIN NI CABO »

« LES MATINS D'AVRIL, C'EST EXQUIS DE DORMIR, ET SI C'EST EN MAI LÀ C'EST SANS FIN »

Huit heures, je suis dans le train direction Madrid. Je me sens heureux. Je me sens léger. Je me souris à moi-même. Le souvenir du regard mélancolique de ma mère lors de mon départ pour le service militaire s'estompe. Nous allons nous revoir ! J'arrive à Madrid, station du Nord, je prends un autobus pour me rendre à la station du Sud. J'arrive station du Sud vers 16h. Mon train pour Grenade est à minuit. J'ai du temps devant moi. Je vais me ravitailler et m'installer dans la gare. Je plonge la main dans la poche droite de mon pantalon; rien. Je fouille mon autre poche; rien. On m'a piqué mon portefeuille. Je n'ai plus d'argent. Heureusement, mon billet de train et ma permission sont toujours dans la poche intérieure de ma veste. En attendant mieux, je ferais taire ma faim avec l'eau de la fontaine. Le temps se ralentit au fur et à mesure que mon estomac rétorque. Je suis sur le pas de la porte de la gare, j'allume une cigarette. Je m'avance vers les jardins publics qui se trouvent justes en face. Je me promène dans l'allée, je m'assois sur un banc en bois un peu abimé au milieu. Pas plus tôt assis qu'une jeune prostituée se plante devant moi.

Elle me dit, « *Tu es drôlement jeune pour être militaire, tu n'as même pas un poil de barbe* ».

Je lui réponds, « *Tu es drôlement jeune pour être une fille de joie*».

Elle rétorque, « *c'est vrai, je suis jeune, je l'étais encore plus lorsque mon corps est devenu mon entreprise à survivre. L'endroit d'où je viens les hommes des beaux quartiers s'y rendent pour débusquer les petits lapins, les caresser et les déposséder de leur innocence* ». Elle rajoute avec une pointe d'humour noir « *Vois-tu, le choix était tout fait, pute ou notaire j'ai dû choisir...* ».

– Je suis sûr qu'après leur dégueulasse forfait, ils allaient à l'église laver leur mauvaise foi dans une prière hâtive.

– *Oui, et Dieu ainsi loué leur accordait le pardon. Ensuite, ils revenaient pour chasser.*

– Pas drôle ta vie...

– *Je n'ai pas l'impression que la tienne est plus réjouissante.*

– La mienne est une symphonie, dis-je en tirant sur ma cigarette.

– *Tu viens avec moi à l'hôtel ?*

– Je n'ai pas une seule péséta à partager.

– *Tu me plais, pour toi ce sera offert gracieusement.*

– Non, j'ai trop faim, le tintouin de mon estomac me coupe la chique...

– *Viens, je t'invite.*

– Que s'est-il passait après Papa ?

– Curieuse ! Je n'ai pas voulu coucher avec elle.

– Pourquoi ?

– Je ne sais pas.

– Elle te faisait peine ? Elle te dégoutait ?

– Dégouté ? Jamais de la vie. Elle était belle comme la vie. Généreuse comme le soleil à son zénith. Non, au contraire, je n'ai pas voulu accaparer son corps juste pour moi, pour mon plaisir à moi. J'aurais voulu l'aimer comme un homme qui va rester. L'aimer comme elle m'avait regardé. L'aimer comme elle aurait voulu être aimée. Je n'avais pas de peine non plus. Dans ma vie, j'empêchais les peines de m'agripper sinon j'étais foutu.

Il est presque minuit. Elle me raccompagne à la gare. Elle prend ma main et la porte à sa bouche. Dépose un baiser. Laisse ses lèvres se coller par sa respiration. Très doux, c'est un instant de pure douceur. Je la regarde, la nuit est tombée dans ses yeux noirs. Je la serre contre moi, intensément, mais avec une immense délicatesse. Hissée, sur ses hauts talons elle me dit à l'oreille, « *Merci mon amour* », comme si nous nous connaissions depuis toujours. Quelques heures de notre vie pour toute une vie. Puis le train entre en gare. Elle pose ses lèvres sur ma bouche et souffle son haleine au café que nous avions bu avant de revenir vers la gare. Je monte dans le train, il démarre lentement. Encore surpris, je la regarde s'éloigner happée par la nuit.

Le train n'était pas pressé, il s'arrêtait pratiquement à tous les villages. Vers six heures du matin, il s'arrêta plus longtemps. Une bonne dizaine de minutes pour permettre aux passagers de boire un café au petit bar derrière la gare. Je descendis du train pour me dégourdir les jambes, et en mettant mes mains dans les poches je m'aperçus que la belle de nuit m'avait glissé quelques pièces. Jusqu'au bout, elle a été une reine. Ainsi, j'ai pu boire un café fumant et manger quelques biscuits. Nous arrivâmes à Grenade en fin de matinée. Ce long voyage en train m'avait désossé. Je pris l'autobus jusqu'à Alhama de Grenade, et de là, je filais à pied jusqu'au village. Quand ma mère ouvrit la porte, elle resta sans voix, puis dans un cri du ventre m'étouffa de sa tendresse. J'étais de retour. Des voix me portèrent dans le village, alors de nombreux voisins vinrent me saluer. Après les retrouvailles, je me rendis à la Guarda Civil pour montrer mes papiers de permission. Une semaine plus tard, la Guarda Civil me donna un document qui me libérait pour le moment de mon service militaire. Je devais me tenir à la disposition de l'armée si l'on avait besoin de moi pour une quelconque intervention. Je pouvais reprendre ma vie d'avant, travailler, mais une fois par semaine je devais me rendre à la caserne de Grenade pour y faire des exercices de combats et de tirs.

Je repris ma vie d'avant, je faisais du charbon, je gardais les chèvres, j'allais à la cueillette, bref je ne chômais pas. On ne manquait de rien à la maison, les placards étaient pleins, débordant de réserves. Nous travaillions tous énormément. Mais je crois que nous étions heureux, les vieux loups me semblaient derrière nous, très très loin et qu'ils ne pourraient plus nous rattraper. Un matin très tôt, la Guarda Civil se présente chez nous. Ils me remettent mon carnet militaire et le billet de train pour me rendre à San Juan de la Péna dans les dix jours. Ma vie de jeune homme tranquille et ordinaire n'a pas persisté longtemps. Encore, partir !!! Encore, l'au revoir tragique, douloureux. Dans l'étreinte de cette nouvelle séparation ma mère et moi nous ne pouvons pas nous regarder. Nos yeux nous échappent, ils se portent ailleurs et nulle part, mais pas dans le regard de l'autre. Je sais ce que cela signifie. La peur. La très angoissante peur qui rode comme un spectre. L'horrible peur de ne plus jamais nous revoir. Encore, encore, encore...

Je partis à pied jusqu'à Grenade. Au centre militaire, nous étions une bonne quarantaine de jeunes réquisitionnés pour une destination finale muette. On nous parqua dans un wagon à bestiaux, c'était presque la fin de l'année. Ce n'était pas encore le gros de l'hiver, mais dans le wagon il y faisait un froid de canard. Arrivés dans le grand village de Biesca, nous descendîmes du train. Nous étions tous frigorifiés. Un des chefs de cette expédition prit une feuille de papier où s'inscrivaient des noms. L'appel de mon nom provoqua mes oreilles, le chef me dit, « *prends ton sac à dos et rends-toi à San Juan de la Péna. La Guarda Civil te dirigera* ». Le village se trouvait à une dizaine de kilomètres. Allez, mon vieux me dis-je, « *défonce la terre de tes pieds ça te réchauffera...* » Et encore une fois, je me mis en route. San Juan de la Péna était un tout petit village reculé dans la colline. À mon arrivée, je fus reçu par le commandant du détachement. Celui-ci prit un air grave en s'adressant à moi de façon magistrale, «*jeuuune hooomme, je suis le commandant, toi tu es des nôtres, tu dois obéir à tous mes ordres* ». Un authentique plaidoyer à la subordination et à l'obédience. J'étais sur les rotules, j'avais envie d'éclater de rire, mais je n'en avais pas la force. Tout de go, lui dis-je, « *Mon commandant, merci, tout ce que vous voudrez, mais là, je suis épuisé, un peu de repos s'il vous plait, et après je serais en état pour obéir à tous vos ordres* ».

Mon audacieuse tirade lui plut, il ordonna au caporal de m'accompagner à la chambrée et de me laisser dormir tranquille. La chambrée s'étirait sur vingt mètres de long. Une fenêtre avec des barreaux au fond. De chaque côté, il y avait un plancher en bois rehaussé sur à peu près un mètre cinquante de haut. Sur chaque plancher se trouvaient alignés des matelas d'un autre monde avec deux couvertures pliées et posées dessus. Dessous les planchers se trouvait un placard qui correspondait à l'alignement du matelas posé au-dessus. C'était tout élimé, usé, les matelas tachés dessinaient des auréoles... Pas la peine de te dire qu'il n'y avait pas de réservation pour les élites. Je m'endormis sans faire le difficile.

Le caporal était un vétéran, il adorait se divertir en emmerdant les jeunes recrues, ou les plus faibles. À l'image d'un émouleur, patiemment il aiguisait sa stratégie qui fatalement faisait exploser le soldat. J'étais profondément endormi, quand cet abruti releva doucement la couverture de mes pieds. Il mit entre mes orteils des allumettes puis les alluma. Je fis un bon sur le côté, sans savoir ce qui m'arrivait. J'étais brulé sur le dessus des orteils, mais surtout j'avais une colère que je ne pouvais contenir, et même je ne voulais pas la contenir. Ras-le-bol des emmerdeurs, cela m'était insupportable. Le caporal ricanait à l'entrée de la chambrée. Ni une ni deux, je saute sur lui et l'afflige de coups sur le visage. Mes coups de poing l'avaient maquillé en violet et en bleu. Chez nous, on dit, « *Je lui ai mis la figure mauve comme l'enfant qui se gave de mures dégoulinantes de jus.* » J'étais sûr d'immigrer dans le peloton disciplinaire. Mais à mon grand étonnement, le commandant était informé du comportement du Caporal et voulait y mettre un terme. Il me félicita en me disant, « *toi au moins tu agis comme un homme. Dorénavant, tu seras à mon service, mon assistant. Tu surveilleras et protègeras ma famille et mes amis* ». Finir garde du corps, chance ou entourloupe ? L'avenir me le dira, je n'allais pas faire la fine bouche, alors j'exécutais une mine réjouie. Je devais apporter tous les matins le pain frais et des tortas pour le petit déjeuner. J'étais invité à leur table et la famille s'enthousiasmait de ma jeune présence. Le reste du temps, j'étais libre, seulement je ne devais pas m'éloigner de la maison au cas où... Ici, je me suis senti à l'aise, comme dans une famille adoptive. Je ne m'arrêtais pas à la fonction de porteur de pain, je rendais service au jardinier, aux gens de maison, je jouais avec les enfants, je cuisinais, je m'occupais de telle façon que je devenais indispensable. L'épouse du commandant me tenait en haute estime et le commandant m'accordait toute sa confiance. J'étais fier de moi, je repensais à mon Père, à Ricardo, à Ramiro, pour l'instant je demeurais digne de leur affection.

– Papa, pourquoi dis-tu, « pour l'instant » ?

– Parce que tout peut basculer en un clin d'œil. En décembre de l'année 1947, le commandant me fait venir dans son bureau. Avec moi, le commandant n'arborait pas son masque de magistrat. Il avait l'air contrarié. Hésitant. Puis il me regarda. Il était plus que contrarié, il était attristé. Je réfléchis à vive allure pour explorer rapidement dans ma tête les activités que j'avais exécutées ces dernières heures. Observé si j'avais failli quelque part. Il me rassura. « *Tu as étais exceptionnel et je te remercie pour ta présence aussi bien engagée que discrète. J'ai reçu un ordre venant de l'état-major qui m'informe de ton déplacement vers une autre caserne. »*

– Loin d'ici mon commandant ?

– Oui. Pas très loin de la frontière française.

– Pourquoi encore ce déplacement ?

– Des conflits, du grabuge qui se prépare. Et puis en haut lieu, les choses se savent. Ils n'aiment pas que des amitiés se créent entre les gradés et les recrues. Tout cela ne m'étonne pas. Tu vas me manquer, je t'apprécie, tu le sais ?

– Oui mon commandant.

– Mon épouse mes enfants et moi-même sommes très peinés. Tu es un brave jeune, simple, sans chichi. Prends soin de toi. Essaie, de rester toi-même, de garder tes qualités humaines, se sera difficile, tu risques de vivre des situations terribles qui peuvent t'abimer et te changer.

– Les situations dramatiques, c'est l'histoire de ma vie, mon commandant, mais il y a aussi dans la corbeille du malheur, de beaux rubans de soie apportés par des familles comme la vôtre. Merci mon Commandant. Pouvez-vous m'accorder encore une faveur, mon commandant ?

– Bien sûr, laquelle ?

– Je veux partir le plus tôt possible. Je n'ai pas le courage ni la force de présenter mes adieux à votre famille. S'il vous plait, faites-le pour moi mon commandant. Dites-leur..., que je les remercie de leur gentillesse et de leur affection.

« NO POR MUCHO MADRUGAR AMANECE MAS TEMPRANO »
« CE N'EST PAS PARCE QUE TU TE LÈVERAS PLUS TÔT QUE LE JOUR SE LÈVERA PLUS VITE »

– J'étais affecté à Can Dan Chun Con Niévé. Secteur E.E.E. On me porta officiellement volontaire pour la guerre de la Corée du Nord. Avant que je ne parte pour ce long voyage, celle-ci se termina, alors je suis resté. Nous avions des entrainements dans la neige tous les jours. De l'escalade sur les montagnes, monte, descend, monte, descend, OUF ! Des marches à la levée du jour, des marches la nuit, des tirs à la mitraillette, des tirs au pistolet, bref, on ne nous préparait pas pour la noce. Le dix-neuf mars 1948...

– Le dix-neuf mars 1948 ?

– Oui. Et alors ? Quoi, qui y a-t-il ?

– Dit donc, quelle mémoire des dates.

– C'est vrai. Il y a des évènements qui s'inscrivent en moi. Ils me laissent la date exacte de l'instant. Mais, vois-tu, je ne pourrais pas te donner ni le jour, ni le mois, ni même l'année de la mort de mon père. Je n'avais pas dix ans, voilà ce qui en reste. Seulement un âge approximatif. Plus rien d'autre que le gouffre dans lequel sa mort m'a projeté.

– Tu me disais donc que, le dix-neuf mars 1948...

– Oui, ce jour-là il y avait la fête dans un village frontalier avec la France. Une partie de la garnison était en permission. Nous étions quatre bons potes, souvent ensemble. Je ne sais plus qui lança, « *et si on se tirait en France ? Moi, j'ai bien envie de m'arracher de ce pays de fachos...* » Sans réfléchir, nous acquiesçâmes. Nous voilà partis, sans vivre, sans eau, avec le basique attirail du militaire en permission. Mais la France se cachait derrière d'épaisses forêts, et derrière se trouvait les monts des

Pyrénées. Après une joyeuse ballade pleine de projets d'avenir et de liberté dans les prémisses de la forêt, nous nous rendîmes à l'évidence ainsi qu'à la garnison. Après cette courte escapade, dans ma tête plus rien n'était à sa place. Comme si une gomme s'était mise à effacer mon passé. Comme si quelque chose me poussait vers d'autres horizons, là-bas, devant moi se dessinait la France. Ricardo et Ramiro m'avaient parlé de cette France de la liberté, de l'égalité, de la fraternité. Je sentais bien au fond de moi que je ressemblais à cette France et que mes desseins tireraient un trait sur ma mélancolie.

Une année s'était écoulée, j'avais alterné retour à la maison et manœuvre militaire. Il m'était impossible de sortir de l'Espagne, on ne sort pas d'un pays totalitaire. La politique appliquée dans mon pays est ma prison. Je ne vois pas les barreaux, mais ils sont partout. On nous les enfonce dans chacune de nos rébellions. Il m'est de plus en plus difficile de résister à la folie et à l'écart grandissant entre le peuple et les dominants. Mon indignation va me jouer des tours et je vais finir ma vie, décapsulé par un bourreau. Pour ma sauvegarde, j'ai mis en place à l'intérieur de moi, et dans ma tête mon réseau d'ondes hertziennes dont le discours se limite à, « *je dois fuir, c'est mon insurrection pacifique, fuir pour ne pas tuer, fuir au risque de mourir* ». « *Mourir libre, c'est être vivant* ». Je dois vivre, je veux vivre. En finir avec la survie. Je sais que le jour de mon départ arrivera. Le destin est avec moi, il m'attend. Quand je parle avec ma mère, j'associe ma vie avec l'aventure dans d'autres pays, ça la fait sourire, ça la rassure. Ou alors elle fait semblant. Le dix-neuf septembre 1949 lors d'une énième manœuvre dans le nord du pays, avec mes potes nous emboitons le pas au vent de folie qui nous pousse vers la liberté. Nous traversons les forêts et les Pyrénées. Notre insurrection est en marche.

– Papa ? Où es-tu ? C'est quoi ce silence ? Papa ? Papa ! Papa ! Papa ! Tu n'as plus rien à me dire ? Je relis les dernières phrases, le dix-neuf septembre 1949... Dix ans plus tard, ma naissance attestera que tu es resté en vie. Je me sens seule, comme si tu étais parti encore. Tu m'abandonnes encore... Raconte-moi la suite, je veux savoir...

– Ce n’est pas le moment, je me repose, tu as le temps pour la suite de mon voyage.

– Non justement, je n'ai pas le temps, c'est mieux que tu me racontes là, maintenant.

– Non, plus tard, je reviendrais plus tard pour te raconter. Il te faut digérer tout ça. Il te faut un peu de distance. Il te faut, de la patiente et tout ce qui se trouve dans cet espace. Je reviendrai au printemps.

– L'année prochaine ?

– Pas forcément.

– Que veux-tu dire alors ? Je ne comprends rien à ton discours.

– Je reviendrais pour ton printemps, ton printemps à toi, pas celui du calendrier. Les saisons chez les êtres sont informelles et n'obéissent qu'à la richesse de l'expérience de chacun. Ose grandir, ose aimer, ose pardonner, ose te voir telle que tu es, alors, je reviendrai pour dessiner avec toi la saison des récoltes.

– Et si mon être se trouvait en hiver ?

– Ton cœur en hiver c'est de la haine en toi, des peurs, des jalousies, de l'envie, de l'égoïsme, de la cupidité, de la cruauté... Sois honnête avec toi. Regarde-toi. Observe-toi. Es-tu vraiment cela ?

– Je peux osciller. Quelques fois, un peu exacerbé, je dresse le mur qui me sépare de moi.

– Alors ?

– Là, à cet endroit précis de mes pensées, je m'éloigne de la région du cœur. Je ne me reconnais plus. Je ne sais plus comment identifier la région du cœur.

– La région du cœur n'installe aucune tension. C'est léger, ta conscience s'élève et, ce que tu ressens est dénué de satisfaction, la paix, seulement un état plein. Ce n'est pas non plus un sentiment de paix. C'est si bon de l'expérimenter, de le vivre, tu es même surpris, car tu n'arrives nulle part, mais tu sais que tu te retrouves.

– Comme ce doit être bon !

– La région du cœur c'est la vraie nature de l'être humain.

– Le crois-tu vraiment ?

– Ma vue d'ici m'en persuade. Je dois partir.

– Non, pas là, pas comme ça, pas maintenant...

– Et comment veux-tu que je parte ?

– Parle-moi encore.

– Bientôt.

– Pourquoi ?

– Tu peux rester seule. Ferme les yeux. Tu vois mieux les yeux fermés. Vie.

– Avant que tu ne partes papa je voudrais de dire ce que j'ai lu du *DALAÏLAMA*, ça me fait tant de bien, de le lire et le relire encore et encore. Quelquefois, je crois que je m'en rapproche, alors je remercie la vie...

Il dit ceci : « *La meilleure religion est celle qui te rapproche de Dieu. Celle qui fait de toi une meilleure personne* ».
À la question : « *Qu'est-ce qui nous rend meilleurs ?* »
Il répondit « *Tout ce qui te remplit de compassion, te rend plus sensible, plus détaché, plus aimable, plus humain, plus responsable, plus respectueux de l'éthique.* »

« *La religion qui fera tout ça pour toi est la meilleure religion* ».

« Ce qui est important c'est la façon dont tu agis avec les autres. Ta famille, tes collègues de travail, ta communauté, et devant tout le monde... »

« Rappelle-toi que l'univers est l'écho de nos actions et de nos pensées ».

– Papa, là-bas aussi c'est une lutte ?

– Non, c'est comme pour toi, pour vous, c'est un choix. Pour tous, où que l'on se trouve, c'est de notre responsabilité. Notre choix.

L'élastique se détend et ferme l'écriture sur les pages explorées...

TABLE DES MATIÈRES

Romans et nouvelles d'Europe

aux éditions L'Harmattan

Dernières parutions

LA CLAIRIÈRE DU MENSONGE
Roman
Alain Lozac'h
Paris, l'été 1936, le Front populaire. Louise, jeune employée dans un magasin des grands boulevards et Adam, exilé polonais, se rencontrent alors qu'ils veulent tous deux soutenir l'Espagne républicaine. Adam s'engage dans les brigades internationales, Louise s'occupe dans un premier temps d'enfants espagnols réfugiés. Ils se retrouvent à Paris, alors que la Catalogne est sur le point de tomber aux mains des franquistes. Puis Adam rejoint Cracovie... Une nouvelle guerre éclate...
(Coll. Écritures, 17,5 euros, 186 p., mars 2015)
EAN : 9782343056616 EAN PDF : 9782336371542

CONTES DE LA LUNE ROUSSE
Vincent Silveira
Dans un voyage à travers le temps et l'espace, Moyen Âge, Grande Révolution, guerre d'Espagne, les nouvelles de cet ouvrage évoluent sous le regard d'une lune rousse omniprésente. On passera, sans crier gare, ou sans reprendre son souffle, de la violence et de l'âpreté des deux contes médiévaux, au lyrisme ; de la dénonciation militante, au fantastique. Enfin, au détour de plus d'une page, le lecteur pourra retrouver l'écriture caractéristique de l'auteur mêlant érudition, érotisme et humour.
(14,5 euros, 148 p., mars 2015)
EAN : 9782343055411 EAN PDF : 9782336372815

LE FILS CHARTREUX DE BARBEROUSSE
Annie Maas
En 1168, Terric est simple frère convers à la chartreuse Sainte-Marie de la Sylve-Bénite, à quelques encablures du lac Paladru. Fils, né hors mariage, de l'empereur Frédéric 1er, dit Barberousse, il va connaître une extraordinaire épopée qui le mènera d'Allemagne en Dauphiné et du Dauphiné en Italie. Il devient l'émissaire de son père. Les négociations secrètes qu'il va mener seront déterminantes pour que le schisme qui divise l'Empire prenne fin. Ce roman tente d'éclairer la vie de ce personnage énigmatique et attachant.
(Coll. Romans historiques, 19,5 euros, 266 p., mars 2015)
EAN : 9782343057347 EAN PDF : 9782336373119

MADAME BETHSABÉE
Roman
Henri Froment-Meurice
L'auteur s'empare de la célèbre histoire de David et Bethsabée pour la situer dans notre monde d'aujourd'hui. Si le lecteur n'a guère de mal à imaginer que David,

très autoritaire empereur d'Orient, ne se contentera pas de regarder Madame Bethsabée sortir de son bain, il ira ensuite de surprise en surprise. Il découvrira que celle-ci, bien que femme dans un Empire d'hommes, s'impose et finit par faire l'Histoire.
(Coll. Écritures, 38 euros, 552 p., mars 2015)
EAN : 9782343043708 EAN PDF : 9782336372242

MOBY DICK AUX CANARIES
Rosario Valcarcel
Traduit de l'espagnol par Marie-Claire Durand-Guiziou et Jean-Marie Flores
La fraîcheur et la spontanéité donnent le ton à ce roman dont le titre rappelle que Las Palmas a eu ses moments de gloire en 1954 grâce au tournage du film Moby Dick. La présence lumineuse de Grégory Peck va alors transformer le quotidien insulaire et monocorde de l'héroïne adolescente en instants magiques. Dans une société assujettie à une Église omniprésente, sous un régime de contraintes, seule la subtile ingéniosité de ses habitants pourra composer avec l'adversité.
(Coll. Lettres canariennes, 20 euros, 190 p., mars 2015)
EAN : 9782343050911 / EAN PDF : 9782336371962

QUEL EST VOTRE NOM ?
Roman
Thierry Albert
Paris, les années 80. Un couple de jeunes étudiants, Pierre et Marie, héritent du journal de leur professeur de philosophie et père spirituel. Animés du désir d'en savoir davantage, ils enquêtent et rencontrent plusieurs protagonistes qui mettent au jour la complexité et les paradoxes de leur mentor. Comment a-t-il pu devenir antisémite et pétainiste en 1940 ? Comment expliquer son soutien à Dora Bruder, qu'il a hébergé dans un Paris occupé ? Pourquoi rejeter la psychanalyse de Lacan et suivre une analyse avec lui ? Pourquoi a-t-il légué son journal à ses étudiants ?
(Coll. Rue des écoles, 14,5 euros, 140 p., mars 2015)
EAN : 9782343053844 EAN PDF : 9782336370880

SALLE DES PAS PERDUS
Nouvelles
Claire Julier
La rumeur recommençait. D'abord quelques mots crus lancés par des hommes. Les femmes les avaient attrapés avec avidité, en avaient ajoutés. L'histoire s'inventait, longue, de plus en plus longue, nauséabonde. Chuchotements, bouche à oreille. Et puis, elles ne se gênent plus. «Une belle salope ! Si c'est pas une honte, revenir ici. Elle porte le malheur sur elle. Même vieille. Folle, folle à lier !» Les voix montaient, stridentes, vulgaires. Les rires devenaient gras, puis s'étouffaient.
(15 euros, 146 p., mars 2015)
EAN : 9782343056968 EAN PDF : 9782336371382

SUR LA SELLETTE
Nouvelles
Annie Ferret
Elles se déshabillent et s'immobilisent le temps d'une pose. Nues. Des femmes, le plus souvent. Des modèles parfois incroyablement lucides, parfois bêtement aveuglés et jouant avec le feu. Les nouvelles rassemblées ici ouvrent au lecteur une

porte qu'un étranger ne devrait jamais franchir : celle de l'atelier de l'artiste, face à face avec son modèle. Porte derrière laquelle, si l'on n'y prend pas garde, de l'art à la folie, il n'y a parfois qu'un pas...
(15,5 euros, 152 p., mars 2015)
EAN : 9782343058009 EAN PDF : 9782336372914

LE TEMPS D'UNE VIGNE
Roman
Pierre Pommier
Chronique vigneronne dans le Bordelais. Amours, conflits et projets d'une famille de viticulteurs. En toile de fond : l'art du vin. Au fil des générations, ce monde se transforme. Des investisseurs rachètent les vignes. La commercialisation s'accommode de petits arrangements. Un vaste projet d'infrastructure menace l'environnement. La famille Baumont veut résister aux pressions, rénover le domaine, développer le goût de l'excellence. Le pourra-t-elle ?
(Coll. Littérature et régions, 18 euros, 194 p., mars 2015)
EAN : 9782343055978 EAN PDF : 9782336372273

L'AMOUR À L'AUBE DU CRÉPUSCULE
Roman
Ginie Chabriel, E. Nessuno
Les deux auteurs ont voulu traiter, dans ce roman, la vie des septuagénaires en abordant des sujets dont on parle peu : leurs solitudes, leurs relations amoureuses et leurs besoins sexuels. Eux-mêmes n'en font pas (ou peu) état, par pudeur et par crainte d'être jugés. Si certains séniors acceptent progressivement d'afficher leur soif de vivre en jouissant pleinement de leurs dernières années, pourquoi ce sujet resterait-il encore culturellement tabou ?
(20 euros, 216 p., janvier 2015)
EAN : 9782343053493 EAN PDF : 9782336367828

DU THÉÂTRE ET DES SOUVENIRS
Nouvelles
Yoland Simon
Le théâtre est le personnage principal de ces trois nouvelles. La première s'apparente à un récit initiatique où l'héroïne tente de se reconstruire grâce à un stage d'art dramatique aux exercices suprenants, inspirés de Stanislavski. Dans la seconde, l'auteur nous conte la création de *Mademoiselle Julie* de Strindberg. La dernière nous rappelle enfin que le théâtre ne serait rien sans ses spectateurs, comme ces deux amies qui célèbrent son culte dans la légendaire Cité des Papes.
(15,5 euros, 158 p., janvier 2015)
EAN : 9782343053745 EAN PDF : 9782336368221

L'ENCHANTEMENT
Récit
Dominique Renaud
Au crépuscule de sa vie, un homme s'éprend d'une jeune femme inaccessible. Lui vient alors l'idée de lui écrire, de prolonger cet envoûtement qui se traduit bientôt en une confrontation avec sa propre vie, son propre vieillissement, et la conscience claire de sa mort, inéluctable.
(14,5 euros, 144 p., janvier 2015)
EAN : 9782343042985 EAN PDF : 9782336365558

ENFANTS ÉGARÉS. DANS LES BRAS D'UNE MÈRE GOUROU
Roman
Calixte Baniafouna
Wivine, Xénia, Yvan et Zacharie sont deux sœurs et deux frères des mêmes père et mère, élevés selon deux modèles d'éducation. L'un, pratiqué par le père, privilégiait l'épanouissement personnel des enfants. L'autre, pratiqué par la mère, prônait la facilité, l'objectif étant de faire des enfants... des stars ! Ce roman est inspiré d'une histoire vraie, racontée avec ses conséquences dramatiques.
(19,5 euros, 222 p., janvier 2015)
EAN : 9782343045542 EAN PDF : 9782336365237

ET VOILÀ D'OÙ TU VIENS MON ENFANT
Roman
Jo Noorbergen
«L'écriture, je l'effleure comme on offre un message à l'océan. J'écris sporadiquement comme l'eau qui s'échappe entre les doigts. Non pas comme un ouvrier laborieux, mais comme le papillon volage, je butine de situations en mémoires. Ce sont des rencontres, des voyages, des humeurs, des étonnements, des sourires, des sanglots et des pleurs. Mes écrits, je les confie au gré des hasards avec l'inquiétude de celui qui lâche aux vents la carte et sa baudruche, et s'apprête à attendre toute une vie qu'un inconnu la lui renvoie du fin fond de son enfance.»
(Coll. Amarante, 23,5 euros, 276 p., janvier 2015)
EAN : 9782343044002 EAN PDF : 9782336366265

LE GRAND PROJET
Dernier visa pour les Tropiques – Roman
Richard GUERIN
Lorsque le cabinet Électra accepte de travailler pour le ministère de l'Intérieur, il ne se doute pas quel esprit machiavélique il devra affronter. Le bouillant Le Pornic, politicien sans scrupules, confie à quelques experts le soin de rédiger un projet qui sorte de l'ordinaire : le Grand Projet. Une génération entière est sacrifiée au profit de l'État. Il faudra compter sur un ancien chercheur du CNRS et sur son amie journaliste, Célia Borromini, pour confondre les auteurs des crimes et faire avorter le Grand Projet.
(Coll. Écritures, 26 euros, 306 p., janvier 2015)
EAN : 9782343047799 EAN PDF : 9782336368597

HERMINE ET LE VIEUX JEUNE HOMME
Jay Alansky
Un cinéaste exilé qui, le temps d'un seul film, connut le succès, regagne Paris pour organiser un casting auquel se présente la déroutante Hermine. Cette rencontre transforme le cours de leurs vies et fait ressurgir les fantômes, les ombres et les marques de leurs passés. Qui sont ces actrices déchues et oubliées qui soudain réapparaissent ? Que cache l'enfance d'Hermine et celle de ce «fils blessé» ? À la solitude érudite de celui qui place le cinéma plus haut que tout, succèdent les rêves et les visions hallucinées d'un «vieux jeune homme» d'une exigence obsessive qui trouve en Hermine son double et l'amour qu'il n'attendait plus.
(23 euros, 260 p., janvier 2015)
EAN : 9782343047645 EAN PDF : 9782336366470

L'Harmattan Italia
Via Degli Artisti 15; 10124 Torino

L'Harmattan Hongrie
Könyvesbolt ; Kossuth L. u. 14-16
1053 Budapest

L'Harmattan Kinshasa
185, avenue Nyangwe
Commune de Lingwala
Kinshasa, R.D. Congo
(00243) 998697603 ou (00243) 999229662

L'Harmattan Congo
67, av. E. P. Lumumba
Bât. – Congo Pharmacie (Bib. Nat.)
BP2874 Brazzaville
harmattan.congo@yahoo.fr

L'Harmattan Guinée
Almamya Rue KA 028, en face
du restaurant Le Cèdre
OKB agency BP 3470 Conakry
(00224) 657 20 85 08 / 664 28 91 96
harmattanguinee@yahoo.fr

L'Harmattan Mali
Rue 73, Porte 536, Niamakoro,
Cité Unicef, Bamako
Tél. 00 (223) 20205724 / +(223) 76378082
poudiougopaul@yahoo.fr
pp.harmattan@gmail.com

L'Harmattan Cameroun
BP 11486
Face à la SNI, immeuble Don Bosco
Yaoundé
(00237) 99 76 61 66
harmattancam@yahoo.fr

L'Harmattan Côte d'Ivoire
Résidence Karl / cité des arts
Abidjan-Cocody 03 BP 1588 Abidjan 03
(00225) 05 77 87 31
etien_nda@yahoo.fr

L'Harmattan Burkina
Penou Achille Some
Ouagadougou
(+226) 70 26 88 27

L'Harmattan Sénégal
10 VDN en face Mermoz, après le pont de Fann
BP 45034 Dakar Fann
33 825 98 58 / 33 860 9858
senharmattan@gmail.com / senlibraire@gmail.com
www.harmattansenegal.com

L'Harmattan Bénin
ISOR-BENIN
01 BP 359 COTONOU-RP
Quartier Gbèdjromèdé,
Rue Agbélenco, Lot 1247 I
Tél : 00 229 21 32 53 79
christian_dablaka123@yahoo.fr

647987 - Avril 2016
Achevé d'imprimer par